五月
その他の短篇

アリ・スミス　岸本佐知子＝訳

The Whole Story and Other Stories

Ali Smith

河出書房新社

いまは亡きソーリー・マクドナルドに
どんなときも友でいてくれるケイト・アトキンズに
そしてセーラ・ウッドに、心をこめて

目次

五月　その他の短篇

この世のすべては一つの「イエス」から始まった。一個の分子がべつの分子に「イエス」と言い、それで生命が誕生した。だが先史には先史のさらに先史があり、そこには「ノー」も「イエス」も存在した。

クラリッセ・リスペクトル

普遍的な物語

あるところに男がいて、墓場の隣をねぐらにしていた。

いや待て。ちがうな。なにも男と決まっているわけじゃない。この話にかぎって言えば、女だ。

あるところに女がいて、墓場の隣をねぐらにしていた。

でも正直、今どき誰もこんな言葉は使わない。今はみんな〝墓地〟と言う。〝ねぐら〟も死語だ。

ということは。

昔あるところに女がいて、墓地の隣に住んでいた。毎朝、女が目を覚まして裏の窓から外を眺めると、そこには——

今のもなし。昔あるところに女がいて——隣もやめだ——古本屋に住んでいた。フラットの二階に寝起きして、一階全体を占める古本屋を営んでいた。古本の骨やしゃれこうべに囲まれて、女は来る日も来る日も店に座っていた。本は書棚や書架にぎっしり並び、細くて長い店内の縦と横を隙間なく埋め、天井のひびわれた漆喰《しっくい》に届かんばかりに積み上がって、土台のない塔のように危なっかしく揺れていた。曲がったり小皺《こじわ》が寄ったりまだおぼこかったりする背表紙は、とうに消えさった名もない光に何年、何十年とさらされて、どれも色あせていた。だがどの本もかつては真新しく、たくさんの新刊本の輝きにあふれたどこかの書店で買われたときが一度はあったのだ。それがいったいどうした理由でこんな場所で埃《ほこり》をかぶることになったのか、一冊ずつ考えだせばきりがなかった。冬のある日、本の埃がちらちら舞う店内にぽつねんと座り、女は自分を取り巻く一冊一冊の重みを、閉じた表紙の奥で二度と日の目を見ることのないかもしれない何百万というページの圧を、肌で感じていた。

　夏でも観光客がめったに訪れない小さな村の、中心部からはずれた細い路地に、その店はあった。一九八二年からこっち、村は不景気になるいっぽうだった。その年、すっかりお歳を召した皇太后が、風に飛ばされないよう帽子を片手で押さえながら、バイパス道路のテープカットをした。それ以来、街にはひとっとびで行けるようになったかわりに村に立ち寄るのは難しくなった。やがて銀行が撤退し、ついには郵便局まで閉まった。食料品店が一軒あるにはあったが、たいていの人は車で六マイル先のスーパーまで行った。スーパーには、申し訳程度にだが、本も置いてあった。

　ときおり、ラジオで聞くか新聞で見るかした本を探して客が古本屋にやって来ることがあった。そんなときはたいてい、女主人はそれを置いていないことを謝らねばならなかった。たとえば二月のこの日。客が一人も来ない日がもう四日も続いていた。たまに、街と村を結ぶ四時半のスクールバスを降りた本好きの少女や少年が遠慮がちに店のドアを押し、自分を待ち受ける無尽蔵の本を顔を輝かせて見上げることがあった。肩や背中や頭の角度に喜びがにじんでいるのが、後ろからでもありありとわかる。だが、ここしばらくはそういうことも起こっていなかった。

女は誰もいない店に座っていた。午後の遅い時間だった。あと少ししたら日が暮れる。ショーウィンドウの中にハエが一匹いるのを女は見ていた。ハエが出るにはまだ早い季節だ。それは何度かふらふらと三角形を描いて飛ぶと、F・スコット・フィッツジェラルドの『グレート・ギャツビー』の表紙にとまり、冬の午後の薄日《うすび》を浴びた。

待てよ——こうかもしれない。

昔あるところに一匹のハエがいて、古本屋のウィンドウに飾ってある古びたペーパーバックの上で翅《はね》を休めていた。ハエは温《ぬく》もりのなかでしばしそこにとどまっていたが、すぐにまた飛び立つつもりでいた。珍しい種類でも変わった種類でもなく、面白い名前がついているわけでも——たとえば泥棒バエとか暗殺バエ、蜂《はち》バエ、大頭バエ、踊りバエ、短刀バエ、狙撃バエ、見下ろしバエなどなど——なかった。ウマバエでも、アブでも、ブユですらなかった。ごくありふれたイエバエ、学名 musca domesticus linnaeus、双翅《そうし》目《もく》の仲間で、これは「翅が二枚ある」という意味だ。それが本の表紙にとまり、いくつかある気門から呼吸をしていた。

このハエはもともと、ここから二キロ半離れたところにある農家の堆肥《たいひ》の山に産みつけられた、長さ一ミリに満たない卵だった。それが手足のない蛆《うじ》になると、周りにあった堆肥を食べて生きた。やがて冬が迫ってきたので、蛆は筋肉を一心に伸縮させ、四十メートルの道のりをのたくりながら進んだ。そして納屋の内壁のふもと、こんもりと積み上げられた干し草の下の砂利の中で四か月ちかく休眠した。少し寒さのゆるんだ先週末に蛹《さなぎ》のてっぺんを破って這《は》い出《で》てきたとき、それは晴れて体長六ミリのハエの成虫になっていた。納屋の軒下、地中海のほうから張り出してきた季節はずれの暖気のなかで、ハエは翅を伸ばして乾かし、体が固まるのを待った。そしてその日の朝、納屋の屋根にあいていたハエサイズの隙間から外の世界に飛び出すと、光と暖と食べ物を求めて二キロ近くジグザグに飛びつづけた。古本屋の女主人が昼食をこしらえて、台所にこもった湿気を追い出そうと窓を開けたとき、ハエは家の中に入った。そして今それは物の表面に静止しているハエの習性にならい、しきりに何かを排泄《はいせつ》したり口から吐いたりしていた。

　今「それ」と言ったが、正確にはこれは「彼女」で、オスに比べて体が大きく、筋の入った赤い眼と眼の間隔もオスのそれより広かった。二枚の翅は精緻《せいち》な翅脈にいろどられた、みごとな薄い皮膜だった。胴体は灰色で、六本の脚はそれぞれが五つの関節でしなやかに曲がり、脚と胴は微細な剛毛でくまなく覆われていた。顔は銀色びろうどの縞模様。長く伸びた口の先は、液体を吸い上げたり、砂糖や小麦粉や花粉といった固形物を液状化しやすいように、スポンジ状になっていた。

　いま彼女が口吻《こうふん》で吸っているのは、一九七四年版のペンギン『グレート・ギャツビー』の表紙に印刷されているロバート・レッドフォードとミア・ファローの写真だ。だがお察しのとおり、栄養の摂取と繁殖が急務であるイエバエにとって目ぼしいものは、そこにはほとんどなかった。たった一匹で百万ものバクテリアを運び、ふつうの下痢《げり》から赤痢、サルモネラ、腸チフス、コレラ、小児麻痺《まひ》、炭疽《たんそ》病《びょう》、ハンセン病から肺結核にいたるまで、およそありとあらゆる病気を媒介する能力を有する彼女だが、いつなんどき敵の巣糸に引っかかったりハエタタキに叩きつぶされるかもしれず、たとえそれらを生き延びたとしても、ぐずぐずしていると寒さのためにあっけなく命を落とし、それといっしょに今年自分から生まれるはずだった十世代の子孫たちも、うまくいけば産めたはずの九百個の卵も、イエバエの平均寿命である二十日間の命も、露《つゆ》と消えてしまうことを本能で知っていた。

いや――ストップ。こうだ。
その昔、F・スコット・フィッツジェラルドによるアメリカ文学の古典『グレート・ギャツビー』のペンギン一九七四年版の一冊が、もうほとんど訪れる人のいなくなった村の、閑古《かんこ》鳥《どり》の鳴く古本屋のウィンドウに飾られていた。正味百八十八ページのこの小説はペンギン版ですでに二十刷を数えており、一九七四年だけで三度も版を重ねていた。この人気は同年にジャック・クレイトンがこの小説を映画化したことによるところが大きかった。もとは明るい黄色だった表紙は、この店にやって来たときすでにだいぶ色が薄くなっていたが、ウィンドウに飾られるようになってますます白っぽさを増した。アールデコ風の飾り枠に囲まれたスチール写真の中で、主役のロバート・レッドフォードとミア・ファローも同じく色あせていたが、それでもゴルフ帽をかぶったレッドフォードはまだじゅうぶん男前で、つばの大きな帽子がよく似合うファローも、太陽の動きとガラスに反射する明かりによって偶然もたらされたセピア調の変色がじつにしっくりきていた。

　この本が最初にデヴォンの書店で売られたのは一九七四年、値段は三十ペンス（六シリング）だった。買ったのは二十二歳のローズマリー・チャイルドで、映画が公開される前に急いで読んでおこうと思ったのだ。二年後、彼女は婚約者のロジャーと結婚した。二人は本棚を共有し、重複ぶんはコーンウォールの病院に寄付した。一九七七年七月のある長く暑い午後、十四歳のシャロン・パッテンが第十四病棟の図書ワゴンにあったこの本を引き抜いた。大腿骨《だいたいこつ》骨折でベッドの牽引具に縛りつけられていた彼女はウィンブルドンが終わってしまって退屈していた。見舞いに来た父親が病室の戸棚にこの本があるのを見つけてうれしそうな顔をしたので、本当は途中で読むのをやめてしまっていたにもかかわらず、ローズマリーは入院期間中ずっと棚の水差しの横に本を置いておき、退院のときにこっそり家に持ち帰った。三年後、父親にどう思われようが知ったことではなくなった彼女は、この本を同級生で英文科志望だったデーヴィッド・コナーに、これ世界一つまんない本よ、と言って譲った。デーヴィッドは読んでみた。すばらしかった。人生そのものだった。すべては美しく、すべては虚しい。学校までの道のりを、彼はこの本の一節を小声で暗唱しながら歩いた。二年後に北のエジンバラの大学に進学したときも彼はまだこの小説を愛読していて、ゼミで何度かそう言いもしたが、十八歳の大人になってみると、やや青臭いと感じられるようにもなり、世間的には評価の低い『夜はやさし』こそがフィッツジェラルドの真の最高傑作だと思うようになった。一年生が提出する『グレート・ギャツビー』についての惨憺《さんたん》たるレポートを毎年百五十ちかく採点させられてきた大学教師は、我が意を得たりとばかりにうなずいて、試験で彼にいい点をつけた。一九八五年に第一級学位を取得し、人事管理の職についたデーヴィッドは、英文科時代の本をいっさいがっさいマイリッドという女子学生に三十ポンドで売り払った。マイリッドは文学が好きになれなかったので——はっきりした答えがないところが嫌だった——かわりに経済学を専攻することにした。彼女は全部をそっくり転売し、デーヴィッドよりもずっともうけた。『グレート・ギャツビー』は二ポンド、元の六倍の値で売れた。買ったのは一年生のジリアン・エッジバストンだったが、彼女は中身をただの一行も読むことなく、住んでいた下宿を一九九〇年に引き払うときにこの本を棚に置き去りにした。本は大家のブライアン・ジャクソンの手で段ボール箱に詰められ、ガレージの冷凍庫の後ろに置いておかれた。五年後の一九九五年、彼の母親のリタが家に泊まりにきて、息子がガレージの整理をしていたときに車寄せの砂利の上に蓋《ふた》が開いたまま置いてあった段ボール箱の中からこの本を見つけた。『グレート・ギャツビー』！　と彼女は言った。読んだの、何年前だったかしら。その年の夏――それは彼女が亡くなるちょうど二年前のことだったが――ブライアンは母親がソファに脚を上げ、ページに顔をくっつけるようにしてその本を読んでいる姿を見かけた。彼女の家には部屋いっぱいぶんの本があった。一九九七年に彼女が死ぬと、息子はそれらをすべて箱に詰め、慈善事業のNPOに送った。NPOはその中から高値で売れそうなものを選り分け、それ以外の種々雑多なペーパーバックは三十冊ずつ一まとめにされ、一箱五ポンド均一でオークションにかけられて、イギリスじゅうの古書店に売られていった。

閑古鳥の鳴く古本屋の女主人は、オークションで仕入れた箱を開けてみて、やれやれと眉を上げた。また『グレート・ギャツビー』だ。

『グレート・ギャツビー』。F・スコット・フィッツジェラルド作。いまや映画としても有名だ。それがウィンドウにあるこの本だった。ページも小口もくすんだような黄色なのは、昔のペンギン・モダン・クラシックスの紙質のせいだ。この手の本はもともとあまり長持ちするようにはできていない。ハエが一匹その上にとまって、ウィンドウに差しこむ淡い陽射しを浴びている。

と、ハエが急に弧を描いて飛び去った。男の手が伸びてきて、古本屋のウィンドウに飾ってあった何冊かの中からその本を取り上げたからだ。

ふむ。

昔あるところに男がいて、小さな村の閑古鳥鳴く古本屋のウィンドウの中に手を入れて、F・スコット・フィッツジェラルドの『グレート・ギャツビー』の古本を取り上げた。本をあちこちひっくり返してみながら、男はレジに向かった。

これ、いくらかな？　くたびれた感じの女店主に彼は言った。

女は本を受け取って、表紙をめくって裏を見た。

一ポンドですね、と彼女は言った。

でもここに三十ペンスって書いてある。裏表紙を指さして男が言った。

これは一九七四年の値段ですから。

男は女の顔を見た。そしてすばらしくいい笑顔を見せた。女の顔がぱっと明るくなった。

そうねえ、でもまあかなり日焼けしているから、五十におまけしておきます。

決まり、と男は言った。

袋に入れましょうか？　と女は訊《き》いた。

いや、けっこう。ほかにもあるかな？

フィッツジェラルドですか？　ええ、Fの棚のところに。いま――

いやそうじゃなくて、と男が言った。『グレート・ギャツビー』、もっとほかにない？

『グレート・ギャツビー』をもう一冊、ですか？

あるだけぜんぶ欲しいんだ。男が笑顔で言った。

女は棚のところまで行ってさらに四冊の『グレート・ギャツビー』を見つけ、もっとないかと裏の倉庫も探した。

いやいいよ、と男は言った。五冊でじゅうぶん。全部で二ポンドでどうかな。

男の車は古いミニ・メトロだった。後部座席はさまざまな版の『グレート・ギャツビー』の海だった。男は運転席の下の床に何冊か転がっていたのを、運転中に足やペダルの下に入りこまないようにどけると、いま買ったばかりの本を、後ろを見もしないで肩ごしに後部座席の山に放り投げた。

それからエンジンをかけた。次の古本屋は六マイル先の街の中だった。彼の妹が風呂の中から電話をかけてきたのは、ちょうど二週間前の金曜日だった。ジェームズ、いまお風呂なんだけど、と妹は言った。F・スコット・フィッツジェラルドの『グレート・ギャツビー』が要るのよ。

F何のなんだって？

妹はもう一度名前を言った。とにかくありったけ欲しいの。

わかった、と彼は言った。

妹は金払いがいいので、彼はよく仕事を引き受けた。妹は助成金をもらっていた。

読んだことはある？

いや。読むべきかな。

だから僕らは進みつづける、と妹は言った。流れに逆らう小舟のように。たえまなく過去に押し流されながら。ね？

ガソリン代はどうなる、と男は言った。それだけかき集めるとなると、車でだいぶあちこち行かなきゃならないかもだろ。

五百ポンドで五百冊集めて。それより安く上がったら、残りは兄さんにあげる。それとはべつに手間賃として二百ポンド払う。流れに逆らう小舟。どんぴしゃだと思わない？

で、ガソリン代は？　と男が訊いた。

わかった、出す。妹はため息まじりに言った。

そして。

昔あるところに女がいて、たったいま風呂の中から兄に電話をして、ありったけの『グレート・

ギャツビー』を集めてほしいと頼んだところだった。女は電話のしずくを切ると、浴槽の脇のカーペットに放り投げ、冷えた腕を急いで湯にもどした。

女がその本を集めるのは、ふつうは舟の材料にはならないような素材を使って実物大の舟を作っていたからだ。三年前、彼女は兄と二人で夜中に町じゅうの人家の庭先からスイセンの花を盗んできて、それで長さ一メートルほどの舟を作った。その舟を近くの運河に浮かべ、みずから乗りこんで漕ぎだした。たちまち足元から浸水が始まり、膝《ひざ》、腿《もも》と上がってきて、ついに彼女はみぞおちのあたりまで冷たい水に漬かり、ほどけてばらばらになったスイセンが周りに浮かんだ。

だがそれが沈んでいくさまを見物していた小さな人だかりがあった。ニュースは地元紙で大きな話題となり、やがて全国ネットのメディアでも取り上げられた。インターフローラ*がスポンサーについたおかげで失業手当に頼らずに済むようになった彼女は、次なる舟を作った。今度のはユリからスノードロップまでさまざまな花を取り混ぜた、長さ一・五メートルの舟だった。これもやはり沈んだが、彼女を乗せたまま沈んでいく一部始終がアート作品としてフィルムに収められた。そのおかげで莫大な芸術助成金を獲得すると、彼女はそれを元手につぎつぎに意外性に富む舟を作りはじめた。この二年間に、お菓子、木の葉、置き時計、写真などを使って三メートル級の舟を作ってはイギリスのあちこちの港に運び、大がかりな進水式とともに出航した。どれも三十メートルと進まないうちに海に沈んだ。

『グレート・ギャツビー』、と彼女は風呂の中で思いついた。思春期のころに読んだ記憶があった。湯の中に横たわり、次に何をすれば助成金を打ち切りにされないかと考えあぐねていた彼女の頭に、突然そのアイデアがひらめいたのだった。

完璧だわ、彼女は独りうなずきながら思った。だから僕らは進みつづける。あの本の最後の一節だ。彼女は冷えた両肩を温めるために湯の中に沈んだ。

かくしてこの物語もそろそろ終わりを迎える。

春のある日、たくさんの『グレート・ギャツビー』を防水シーリング材で貼り合わせた全長二メートルの舟が、フェリクストウ港から船出した。

アーチストの兄はウェールズからスコットランドにかけてを車で巡り、三百冊を超える『グレート・ギャツビー』を集めた。おかげで彼が訪ねた町のいくつかでは、いまだに『グレート・ギャツビー』の古本が手に入りにくい。買い集めるのにかかった金額は、正確には百八十三ポンド五十。残りは彼の懐におさまった。彼はまた食事の前に手を洗うタイプの男でもあったため、話の前のほうで、あの閑古鳥の古本屋にいたハエが本の表紙に付着させたもののせいで病気になることもなかった。

そしてあの一冊、扉ページの裏側に歴代の所有者たちの名前がさまざまな筆跡で順々に書きこまれた『グレート・ギャツビー』は――ローズマリー・チャイルド、シャロン・パッテン、デーヴィッド・コナー、リタ・ジャクソン――舟の舳《へ》先《さき》に糊づけされ、舟は海の上を二百メートルほど浮かんでから浸水し、やがて沈んだ。

その本の表紙で翅を休めていたハエは、その日の晩を電灯の笠にとまったり、地上一・五メートル以上の空中に静止したりして過ごした。ハエは夜になるとそうする習性があり、このハエも例外

＊大手の花屋チェーン。

ではなかった。

古本屋を経営していたあの女は、店にあった『グレート・ギャツビー』の在庫がいちどきに、しかもあんな笑顔の素敵な青年に売れたことに気を良くしていた。女はウィンドウの空いた場所にダンテの『神曲』を飾ろうと思い、ついでにページをぱらぱらとめくってみた。埃が舞い上がった。小《こ》口《ぐち》をふっと吹くとさらに埃が舞い、カウンターが汚れたので手でぬぐった。彼女は手についた埃を見た。そろそろ一度、店じゅうの本の埃を払って中に風を通そうかしら。ぜんぶの埃を払うころには、きっと春になっているだろう。まずフィクション、つぎにノンフィクション、それからほかの細々としたジャンル。女の気分は浮き立った。その晩、彼女はさっそくAの棚から始めた。

墓地の隣に住んでいた女、ほら、この話の最初のほうに出てきたあの女、覚えているだろうか？彼女が窓の外を見ると、そこには——ああ、でもこれはまたべつの話だ。

そして最後に、この話のそもそもの始まりの男、墓場の隣をねぐらにしていたあの男はどうなったか？

男は幸せだったり、悲しかったり、いろんな出来事があったりしながら、何年も、何年も、何年も長生きして、そうして死んだ。

ゴシック

これは本当にあった話だ。

今からそう遠くない一九九〇年代なかごろの、春の午後のことだった。私が働いていた書店に男の人がやって来た。銀行員とか会計士とかビジネスマンとか、そんな感じに見えた。髪がとてもきっちりしていて、スーツにネクタイ姿だった。私は姿勢を正した。職場ですでに問題をかかえていたので、これ以上の問題は起こしたくなかった。この人はきっと上客なのにちがいない。

そのとき働いていたのは、今いるところよりももっと古くさい書店だった。私のかかえていた問題というのは服装のことだった。今から話そうとしている日のすこし前、私はデザイナーのスローガンが書いてあるトレーナーを職場に着ていった。背中いっぱいに〈夢の中であなたは生き残る道を見つけ、そして幸福に包まれた〉と書いてあるやつだ。そのトレーナーはスタッフたちのあいだに大変な騒ぎをまきおこし、私は店長室に呼ばれて、ひとしきりお説教《ドレッシング・ダウン》を（洒落《しゃれ》ではなく）食らった。いわく、君はいつもズボンをはいているが、ちゃんとスカートをはくべきである、前例のないことではあるが特別に三十ポンド支給するから、これでまともなブラウスを買いたまえ。私が洋服代をもらったというので、スタッフルームは怒り心頭だった。ヘビースモーカーの古株店員たちは、こんなのは許しがたいと——ちゃんとした服を着てこないことで、すでに私のことを許しがたいと思っていたのだが——言い、若手の店員たちはもうもうたる煙に巻かれて憤然と座り、こんなの不公平だ、自分たちだってブラウスを買うための手当てがほしいと言った。

　これから話そうとしている日、私はそのまともなブラウスのうちの一枚を着ていた。二枚ともちくちくするし、着るとおどおどした愚鈍な人間にさせられた気がして嫌だった。それでも店に入ってきたその紳士に私はにっこりしてみせた。なんといってもこの人はあの客とは全然ちがう。紳士の背後、『BBC 二〇世紀クロニクル』のある棚の前に立っている、あの男のことだ。

　半月ほど前まで『二〇世紀クロニクル』は、出版社から特別に支給された専用のディスプレイ台に、一九五〇年代のあたりを開いて展示してあった。けれども一階の担当だった私たち三人で話し合って、その台を撤去してしまうことに決めた。その男が毎日やって来ては濡れたハンカチを出して台の背の部分にひっかけ、『二〇世紀クロニクル』を立ち読みするからだ。毎日判で押したように同じだった。店に入ってくる、ハンカチをひっかける、何時間か立ち読みする、ハンカチを指で触って乾きぐあいを確かめる、たたんでコートのポケットにしまう、店を出ていく。

　この店ではおかしな行動をする客に事欠かなかった。もう何百年も前から店はこの同じ古いビルにあって、奥まった角や、唐突な階段や、予想外の部屋がいたるところにあった。店で人が死んでいたことも一度ではなかった。古株の店員たちはスタッフルームでしわがれ声といっしょに煙を吐き出しながら、女の死体を発見したときの話を何度も飽きずに披露した。所持品のショッピングバッグのあいだから脚を突き出し、コートはよじれ、驚いたような表情を浮かべて死んでいた。男の人が三階の踊り場の窓枠に腰掛けて、まっすぐ前を向いたまま死んでいるのをべつの古株が見つけたこともあった。

　本を万引きし、読みおわると店に持ってきて棚に戻し、べつの本を万引きしていく客がいた。彼は私たちのあいだで「盗癖《マニオクレプティック》」と呼ばれていた。立ったまま棚に寄り掛かって眠る客もいた。その人は「眠り病《ナルコレプティック》」で通っていた。入ってくるなり新刊コーナーの本を手にとって、目で写真でも撮るみたいに猛然とページをめくる女の客もいた。その人のあだ名は「評論家《クリティック》」だった。ありとあらゆる朗読イベントにやって来てはタダのワインをせしめる二人組の老女もいて、その人たちは「レインコート」と「ミセス杖《スティック》」（歩くときいつも杖をついている）だった。それでも私には今の一階の売場のほうがずっとましだった。最初に配属されたのは二階の奥の階段わきにある部屋で、そこの〈犯罪ノンフィクション〉コーナーでは放尿する輩《やから》が跡をたたなかった。『日没に死す』だの『ヨークシャーの切り裂き魔』だの『大虐殺』『反人間的犯罪』『完璧な被害者』『フェイバーの殺人アンソロジー』といった本の背が蛍光灯の光のもと濡れてぽたぽた滴《したた》っているのを見つけるたびに、私たちが後始末をするはめになった。放尿犯どもの通り名は「ゴシック」だった。

　例のハンカチ男についたあだ名は「ウザ男《トキシック》」だった。ディスプレイ台を撤去した日、私たち三人は中央レジの中で肘《ひじ》つっつきあって事の成り行きを見守った。男がいつもどおりやって来た。昨日まで台のあった場所に立った。それからレジに近づいてきた。バーバラはじっと床を見つめていた。私はカウンターにのせた自分の両手を見ていた。男はアンドレアに『二〇世紀クロニクル』のある場所を教えてくれないかと言った。

アンドレアの顔が赤くなった。彼女は一階の副主任だった。アンドレアは片腕を上げ、〈ノンフィクション〉のほうを指でさした。それから言った、やっぱりご案内します。そして男をそこまで連れていき、本を見つけてあげた。私たちが見守るなか、彼はその本をちょうど読みやすい高さの棚の上で開き、濡れたハンカチをばさりと振って広げ、本棚の角にひっかけた。垂れたハンカチは下の段の本にかぶさった。乾くと男は本を閉じ、元の棚に戻し、店を出ていった。

いま話しているその日も彼は店にいた。いつだっていた。ハンカチから蒸発した何かの成分が空中に立ちのぼり、古びてゴトゴト鳴る暖房の空気に乗って店じゅうに拡散するさまが目に見えるようだった（その日は春とは名ばかりで、朝、出勤途中に見あげた教会の尖塔《せんとう》はすべて横が霜で白くなり、遠くまで連なるアパートの屋根にもうっすら霜がおりていた）。そのすこし前、彼を見ながら、私はまたぞろ書店業界から足を洗うことについて考えていた。灰色のコートのベルトを垂らして立っている彼から顔をそむけ、窓の向こうの旧市街の繁華な街並みに目をやった。黒ずんだ教会や店々、行き交うタクシー。人々は押しボタン式信号の横断歩道に立って風に吹きさらされ、あるいは寒空に背を丸めて博物館のある通りを行ったり来たりしていた。私のブラウスは脇のあたりがきつかった。ためしに胸を張ってみる。ひょっとして破れたりして。博物館で働くのってどんな感じだろう。〈お手を触れないでください〉の札と立入禁止のロープに囲まれた、ビー玉の目のオコジョや剝製《はくせい》のタカやキツネたち。玄関広間の天井に届くほど高い、ワイヤでつながれた恐竜の骨格。大理石の床にこつこつと鳴る上品な足音。あたりに漂うアカデミックで厳粛で几帳面《きちようめん》な空気。でも、あそこにもやっぱり服装規定があるかもしれない。あの客みたいな人が午後じゅう居すわって、絶滅した生き物の足の骨にハンカチをひっかけたり、猛禽類《もうきんるい》におしっこをかけたりするのかもしれない。この街のどこかには、と私は立ったまま考えた。自分が働いているあいだにも、どこかべつの場所でホンモノの人生が、こんなにみじめではない、もっとずっと素晴らしい人生が進行しているんじゃないか、などと感じずにすむ職場が一つでもあるんだろうか。

そこに例の身なりのいい紳士がカウンターに近づいてきたので、私は笑顔を作った。

いらっしゃいませ、そう私は言った。

紳士はカウンターの上にブリーフケースをのせた。古くて大きな革のブリーフケースで、真ん中がふくらんでいた。ビジネスマンはこんなブリーフケースは持たない。ひょっとしたらビジネスマンではないのかもしれない。学者さんなのかもしれない――というのも、店からほんの数ヤードのところに中世から続く市立大学があるからで、そういう目で見ればたしかに髪はちょっと伸びすぎだったし、背広もややくたびれぎみで、こっちを見る目は用心深く理知的だった。彼はその目を私に向けたままブリーフケースを開いた。中には新品のハードカバーの本が、ぴかぴかの背表紙をこちらに向けてぎっしり並んでいた。もしかしたらキリスト教とか、何か宗教関係の本の営業マンなのかもしれない。私の顔がとたんにくもった。

私は作家でして、歴史を研究しております。あなたもおそらくご存じでしょう。もちろん言うまでもなく貴店でも私の本を置いていただいているはずですのでね。

彼が言った名前に聞き覚えはなかったが、それでも私はうなずいて、それなりに敬意のこもった笑みを浮かべてみせた。当時は今みたいに著者がしょっちゅう店にやって来るようになる前だったので、作家本人が店を訪れるということに、まだ多少なりともありがたみがあった。それがいまや作家の顔や声や名前や、作家の肉体そのものが否応なしに本と結びついてしまって、彼なり彼女なりの薄い切れ端が正誤表か栞《しおり》のように本にはさみこまれて9・99ポンドのパックで売られている。ちょっとげんなりだ。

紳士はブリーフケースの中から本を一冊出してカウンターに置いた。表紙にヒトラーの絵が描いてあった。私は上下逆さのタイトルを読んだ。真の歴史がどうの、というような題だった。

これが私の最新作です、と彼は言った。

私が口を開き、でしたら歴史書の売場のほうに、と言おうとするのを、彼は指を一本立ててさえぎった。

これは英訳版です、と彼は言った。今のところ英語で読めるのはこの版だけなので、貴店のような書店や団体には直接販売するルートしかなく、それで私みずからこうして出向いてきたというわけです。今はこのようにアメリカの小さな版元ですが（そう言って彼は背表紙をこちらに向け、刻印された紋章のようなものが一瞬だけ見えた）、いずれはもっと大手の出版社から出るはずです。ですが読者のみなさんに一刻も早くお届けしたいという思いから、現在ある、この入手困難かつ注文不可の版をお納めしようと考えたわけです。おわかりですか？

私はうなずいた。

貴店のような書店は、と彼は言った。方針としてすべての版を棚にそろえたいと思っていらっしゃる。ちがいますか？

私がうなずくのを待っているようだったので、私はもう一度うなずいた。

当店では――私は言いかけた。

いいですか、と彼が言った。われわれがふだん目にする情報、時事問題から歴史そのものにいたるまで、われわれに与えられる知識は、実はいちじるしく検閲されておるのです。

　そこで彼はぐっと身を乗り出した。

　そしていま申し上げたようなことに敢然と戦いを挑んでいるのがこの本なのです、と紳士は言った。

　彼は少年めいた、はにかんだような表情を浮かべた。そしてチャーミングにほほえんでみせた。検閲とは——私の顔のすぐそばでほほえんだまま彼は言った——真の歴史の死にほかなりません。真実の死、と言い換えてもいい。われわれは生きながらにして日々刻々と検閲を受けつづけているのです。おわかりか？

　ええ、と私は言った。

　われわれの人格をおびやかすこのような邪悪な検閲と、われわれは断固戦っていかねばならぬのです。げんに、と彼は言った。私はこれまで敵の陰謀によりありとあらゆる妨害を受けつづけてきました。今もそうです。すべてにおいて、私の邪魔をしようとする連中と戦わねばならんのです。

　彼が同意を求めるようにうなずいてくるので私もうなずいたが、何を言われているのかさっぱりわからなかった。

　ですから当然、彼はそう言って自分の本をこちらに向けて立ててみせた。私の本もたびたび出版を妨害されてきました。なぜか？　誰も知りたくないような歴史の真実がこの中に書かれているからだ。陰謀を主導しているのはユダヤ系出版社で、彼らは真実を日々闇に葬ることに全力をあげるユダヤ人社会に金で買われているのだ。連中には私が書く真実を活字にする勇気も志もないのだ。

　そこで彼はひと息ついた。顔がうっすら上気している。私はあいかわらずうなずいていたが、カウンターから大きく一歩下がり、頭をかいていた。一階のほかのスタッフたちはどこに行ってしまったんだろう。私と、スーツを着た目の前の紳士と、『二〇世紀クロニクル』を年代順に読みながらハンカチを乾かしている男を残して、店から誰もいなくなったみたいだった。

そういうことなのです。スーツの紳士はそう言って、勝ち誇ったようにほほえんだ。

私はそっとカウンターの下に手をやり、そこにあるボタンに触れた。パニックボタンと呼ばれるもので、強盗にレジの金を出せと言われたり、その他従業員が何らかの身の危険を感じたときに押すボタンだった。でもこれを押して警備員が駆けつけたとして、何と言おう？　〝この人、考え方が偏屈なんで出ていってもらってください〟だろうか？　それとも〝この人の主張はまちがいです。一から十まで嘘《うそ》っぱちなんで、店からつまみ出してください〟？

私はボタンを指でまさぐりながら、ええと、と言った。

紳士はブリーフケースから本を出しはじめた。十冊か、それ以上あった。

え、ちょっと――と私は言った。

彼が手を止めた。本を手に持ったまま、私の目をまっすぐ見た。

おたく、ユダヤ人？　そう言った。

いえ、ちがいます――と私は言った。そうじゃなく――私、仕入れ担当じゃないんです。主任じゃないので。仕入れは主任じゃないとできないんです。だから無理です。私は、その。私は。

彼の顔に一瞬怒りが浮かんだ。鬼のような顔つきだった。だがすぐに元に戻った。

では主任を呼んでいただけるかな、と彼は言った。

副主任なら呼べます、と私は言った。

その副主任は仕入れをできるかね？　と紳士は訊《き》いた。

私はうなずいた。そして内線電話の番号を押した。アンドレアが降りてくるのを、紳士と私は無言で待った。彼は自分の爪を見、親指の腹でせかせかとこすった。私はレジのそばに立ち、レジの横に貼ってある、バーコードリーダーの使用法の古びてめくれかかったシールを食い入るように見つめていた。アンドレアが降りてきた。仕切り板をくぐり、カウンターに入って私の隣に立った。

申し訳ありません、と彼女は言った。このような本は当店ではお取り扱いできません。

紳士の顔はほとんど満足げだった。うっすらと笑みを浮かべて本をブリーフケースに戻し、ぱちんと留め金をとめると、店から出ていった。

ドアが音をたてて閉まった。

うわあ、と私は言った。何なのあれ。

すぐに戻ってくるわよ、とアンドレアが言った。いっつもそう。横の入口から入りなおして、こんどは二階に上がって歴史書コーナーで同じことやるの。五ポンド賭けてもいい。あなた、あの人に何て言ったの？

べつに、と私は言った。何も言いませんでした。

次に起こったことはこうだ。私たちが「ウザ男」と呼んでいる例の男がハンカチをたたみ、『二〇世紀クロニクル』を閉じた。ところがいつものようにすぐに店を出ていかずに、カウンターまでやって来た。私たちの正面に立ち、まっすぐ私の顔を見た。そして頭を振った。それからアンドレアのほうを向いて、自分のこめかみを指でとんとんと二度たたいた。狂ってる、と彼は言った。この女、狂ってるよ。まったく。そうして店を出ていった。

　ドアが閉まると、アンドレアが私に言った。ほんとのこと言うとね、あの人を見るたびにわたし、自分のしたことが恥ずかしくなるの。そのこと考えて夜眠れなくなることもあるくらい。

　それから言った。オーケイ、もういいから休憩に入って。

　休憩に入ったものの、気分は最低だった。スタッフルームには煙草のにおいが澱《おり》のようにしみついていた。ここはまったく社交の場にふさわしくない。その日だった、私が〈禁煙〉の貼り紙をたくさん作って黄色い壁のあちこちに貼ろうと心に決めたのは。おかげで全面戦争が勃発しかかった。

　だがスタッフルームを禁煙にするか否かで喧々《けんけん》囂々《ごうごう》の議論が始まってすぐ、私は新市街にある新しいチェーン店に転職した。最初にやったのは、三冊以上売れた本を自動で再発注するコンピュータを設置する仕事だった。それから私は一階の主任になった。今はもう何でも好きな服を着られるし（もっとも今はいつもきちんとしているけれど）、スタッフの服装も、常識の範囲内で本人たちの自由にまかせている。

　こっちに移ってきてからというもの、「ウザ男」がいつか来るのではないかとつねに見張っている。あれきり一度も姿を見ていない。あの手の客はこっちには一人も来ない。理由は謎《なぞ》だ。店がきれいで、板張りのフロアは広々として、本も棚も整然と並んでいるからかもしれない。放尿する人もいない。ここで人目につかずにそれをやるのはまず不可能だろう。置いてある椅子に座る人もほとんどいない。会社の方針で椅子は人通りの多い場所に置くことになっていて、長時間ゆっくり座っていることができないのだ。そのかわり売春婦はいる。前の店では一度も見たおぼえがない。古いほうの店では駆け引きがしづらかったのかもしれない。あんなにあからさまに人目につかない奥まった場所が多いと、本を眺めるという仕種を何気ないふうに見せかけるのは逆にむずかしいのかもしれない。あるいはカフェが併設されていなかったせいかもしれない。

でもこれだけは言っておく。こんどこそ私は心の準備ができている。レジでコンピュータに向かいながら、私は待っている。もしもあの人がここに来たら、一歩でもこの店の敷居をまたごうとしようものなら、即刻つまみ出すつもりだ。嘘じゃない。今の私にはその力があるし、もう二度と躊《ちゅう》躇《ちょ》したりはしない。

生きるということ

キングス・クロス駅のコンコースの人波を縫《ぬ》ってあなたと携帯電話で話しながら歩いていたとき、あやうく向こうからやって来た死神とぶつかりかけた。

あ、失礼、とわたしは言った。

何が失礼って？　耳元であなたが言った。死神は笑顔を浮かべ、一歩脇に下がって待つようなそぶりを見せた。

いまちょっと困ります、電話中なので、とわたしは言った。

誰としゃべってるの？　とあなたが言った。

死神はイメージとはまるでちがっていた。ハンサムで頭髪の薄い、ほとんど恥じ入るように色の淡いスーツを着た中年男性で、うっすらどこかで見たことがあるような、漠然《ばくぜん》とクリエイティブ業界っぽい感じに見えた——たとえばテレビにまだ良識と芸術性を期待できた時代、テレビドラマがまだ冒険心にあふれ、夜のニュースが今みたいに視聴率とカネと局の方針に毒されずにきちんと世界で起こっていることを伝えていた時代のＢＢＣの重役、みたいな。ですがそんな時代がもう終わったことはあなたも私も承知の上ですし、そもそもあなたは過去を美化しすぎですよ、彼の憂いを帯びつつも達観したほほえみはそう言っているようだった。

彼がほほえんだ瞬間、わたしの携帯が死んだ。わたしは手の中のそれを見た。小さな画面は真っ黒だった。切れる前、あなたはわたしに今日職場であったことを話し、もう先に家に着いていてわたしの帰りを待っていると言っていた。わたしはあなたに今コンコースを歩いているところで、次の急行に乗れれば八時には帰れるから途中のインド料理屋で何かテイクアウトしようかと話していた。そしてオニオン・バージを買おうかどうしようか、と二人で話し合っていたところだった。

わたしは電話を振ってみた。画面は黒いままだ。もう一度耳に当ててみたが、聞こえるのは電源の切れた電話の音、プラスチックと無の音だけだった。電源ボタンを押してみた。変化なし。人の波を斜めに横切って壁のところまでたどり着くと、壁に電話を打ちつけてみた。最初はそっと、しだいに強く。何も起こらない。わたしは視線を上に向けた。あたりを見まわして死神と目が合うのがいやだった。店の入口や電車からわらわら出たり入ったりする人間たちのずっと上、ヴィクトリア朝ふうの古いレンガの壁のてっぺんから何かの枝が一本垂れ下がっていた。花が咲いていた。

もう一度自分の電話を見た。もしもし？　もしかしたらあなたにはこっちの声がまだ聞こえているかもしれないと思い、下のほうにあいている小さな穴に向かってそう言ってみた。

わたしは歩きだした。死神はわたしの隣に奥ゆかしく並んで歩きだした。わたしは彼を無視したまま九番線から十一番線まで通りすぎ、電話ボックスからあなたにかけ直した。

途中で切れたね、とあなたは言った。で、バージは頼む、頼まない？

ケータイがつながらなくなっちゃって、とわたしは言った。ねえ、そっち、大丈夫？

もちろん、とあなたは言った。ケータイがどうかしたの？

ほんとに大丈夫なの？　とわたしは言った。

うん、とあなたは言った。それから言った、なんで？　どうかした？　そっちこそ大丈夫？

死神は今はコーヒースタンドのそばに立っていた。もうこっちは見ていなかった。コーヒーの列に並んでいる子連れの女性を見、蛍光イエローの上着を着てホームの際《きわ》で立ち話している二人組の婦人警官を見、ＡＴＭの横に立って小銭を恵んでくれないかと声をかけている男の人を見ていた。人物から人物に視線を移している彼を見ていると、ほかの人たちを見ているあいだも、わたしがどこにいるかはちゃんとわかっているにちがいないという気がした。

わたしはあなたに彼のことを話した。あなたは笑った。

笑いごとじゃないよ、とわたしは言った。本当なんだから。冗談でこんなこと言わない。今だいたい十ヤードぐらい離れたところに立ってる。今は売店でコーヒー淹《い》れてる男の人を見てる。コーヒーになんか振りかけてるところ。

シナモンかな？　あなたが言った。

知らないって、とわたしは言った。今は上に蓋《ふた》をかぶせるところを見てる。あの人が手に持ったとき熱くないように、ほらよく紙ナプキンでなんかする、あれをやってる。

あの人って？　とあなたが言った。

女の人、とわたしは言った。コーヒーを買ってる。

どうして死神だってわかるわけ？　とあなたは言った。聞いたかぎりではあんまり死神って感じしないけどな。その店がちゃんと本社の指示どおりのやり方でコーヒーを淹れてるかどうか監視しにきたスパイとかじゃない？

いやいやいや、でもほかの人も見てるし、とわたしは言った。売店の人だけを見てるわけじゃないよ。いろんな人を見てる。今は――

もう一度よく見て、とあなたは言った。死神じゃないって。ふつうの人だよ。

わたしはもう一度よく見た。本当だった。さっきまで死神だとばかり思っていたその人は、ふつうの人だった。やや挙動が妙だけれど、でもただの人間だ。

ほんとだ、とわたしは言った。クリーム色のスーツを着た、ただの人だ。

へえおしゃれ、とあなたは言った。春の装いだね。じゃあさ、帰る二十分ぐらい前になったら電話してよ、そしたら店に電話して注文しておくから。それなら待たなくて済むよね。自転車は、駅？

でも二十分前に電話できないよ、とわたしは言った。

どうして？　とあなたは言った。

ケータイが通じないから、とわたしは言った。

あ、そうだった、とあなたは言った。じゃあいいや、だいたい二十分前ぐらいの見当でこっちで電話しとくから。何時の電車に乗る？

真上にある金属のぺかぺかしたデジタル時計は 19:10:53 を告げていた。それが 19:10:54 になった。それから 19:10:55 になった。

四分後ぐらい、とわたしは言った。

オッケー、とあなたは言った。急がなきゃ、座れなくなるよ。じゃあまたあとで。

あなたの声を聞いてなんだかほっとした。19:11:00、と時計は告げていた。わたしは受話器をフックに戻し、走りだした。

なんとかぎりぎりで空席にありついたが、もうほかに移れる席がなくなったとたん、向かいに座っている若い女の子がこんこん咳《せき》をしはじめた。女の子は顔色が悪くて、肺の奥をごろごろ鳴らすような咳をしながら携帯の番号を押した。もしもし、と彼女は言った（ごほ）。いま電車。ううん、風邪ひいちゃって。か・ぜ（げほ）。そう、なんかひどくて。もう最悪。もしもし？（ごほ）もしもし？

彼女が携帯を見るのと電車がトンネルに入るのがほぼ同時だった。満員の車両のあちこちで通話の途中だった人々が同じように携帯を見、周りじゅうで迷子か目の見えない人のように心もとなげなもしもし？が上がった。誰にも届かない迷子のもしもしたちは、自分の宛先ではない人々の上を素通りしてふわふわ宙を漂っていたが、電車がトンネルを抜けるとたんに電話は息を吹きかえし、甲高い急降下音やテレビ番組のジングルや簡略化されたベートーベンの交響曲の呼び出し音を鳴らしはじめた。

わたしの隣に座っている女性はその間ずっと眠っていた。かしこまって背を伸ばし、膝《ひざ》の上に閉じた本を両手で囲うようにしている。咳の女の子もいつの間にか目を閉じていた。女の子の隣の男の人も眠っていた。この人は電車が動きだすとすぐに寝入り、今は窓に寄りかかるように丸くなり、歯の見えない口をOの形に開いていた。わたしは彼の頭ごしに淡く暮れかかったロンドンの街はずれの雑草を、落書きを、びゅんびゅん通り過ぎる小さな光の四角を、窓の向こうの無数の見知らぬ人々の夕暮れどきの生活を眺めた。ほんとに馬鹿みたいだ、とわたしは思った。ぶつかりかけた人を死神とまちがうなんて。わたしはふふっと笑った。咳の女の子が目を開けて怪訝《けげん》そうにこっちを見た。わたしは横を向き、あとであなたとそのことをネタに冗談を言い合うことを思ってひとりほくそ笑んだ。今から数週間後、これがすっかり二人のあいだで定番ジョークになったときに自分が言うであろう面白いことをあれこれ考えた。ほんとに死神に見えたんだってば。それにしてもあの人、とわたしは考えた、いかにもな死神のイメージからはかけ離れていた。子供のころテレビの公共広告で見た、黒い頭巾かぶって、顔が見えなくて、大鎌もって、ゴミだらけの池のほとりに立っているような、ああいう死神。そのうちこれは何か不吉な前兆なんじゃないかと気になりだした。馬鹿な、わたしは自分に言い聞かせた。自分の太腿《ふともも》に指をとんとん打ちつけた。指は麻酔をかけられたみたいに無感覚で、そのときぼんやりと窓の外を見ていた私の頭に唐突に、ちょうど誰かが頭上で生卵をナイフで割って、殻《から》から流れ出た冷たい中身が脳天から背中にすべり落ちていくようにひやりとした気づきが訪れた。自分は今までの人生で、ただの一度も自分以外のことなど気に掛けたことがなかったし、どうすればそれを変えることができるのかも、やり直せるのかも、まるでわかっていないんじゃないか、と。

　気づくと急行電車はひどくのろのろ走っていた。そしてついには真っ暗ななかで停止した。それで何人かの乗客が目を覚まし、立ち上がってあたふたとコートに袖を通しかけ、まだ駅に着いていないことに気づいて座りなおした。わたしたちの左隣には同じように満員の客を乗せたインターシティ１２５がいて、やはり停車していた。右隣にも人を満載した電車が停まっていた。車両のどこかで誰かが電話の向こうの誰かに向かって言っていた、電車がひどくゆっくりなんだ、いま停まってる、たぶん事故現場を通過中なんじゃないか。天井のスピーカーから声がした。二、三十マイル先の駅で人身事故がありました。周りじゅうで人々が一斉に電話して誰かにそのことを伝えた。わたしもあなたにかけようと電話を出しかけて、すぐに思い出してバッグにしまった。録画頼める？　背後で誰かが言っていた。九時からなんだけど。もしもし？　咳の女の子も電話に向かって言っていた。誰かが死んだから電車遅れるって。

重ねてお知らせいたします、と天井の声が言った。疲れてはりつめた声だった。まだ新しい情報は入っておりません。現時点で入っている情報は、区間内で人命にかかわる人身事故が発生したという情報のみで、それ以上の情報はまだ入ってきておりません、いま現在新しい情報を待っています、情報入りしだいお客様にお知らせします。

向かいの男の人が目を開け、はっとなって身を起こし、ねぼけ眼《まなこ》をしばたたいて窓の外を見、また目を閉じて眠った。わたしの隣の女性も目を覚ましていた。彼女はコートの中で身じろぎすると、本を開いた。『鬱《うつ》のパターン脱出法』というタイトルで、著者名には「博士」の肩書がついていた。わたしは彼女の顔を盗み見た。ぜんぜん鬱のようには見えなかった。完璧に幸せそうに見えた。あ、ほら。今わたしは一瞬、見ず知らずの他人のことを気に掛けた。今まで会ったこともなく、この旅が終われば二度と会うこともない赤の他人のことを。わたしは女の子のほうを見た。ふたたび目を閉じ、片手に携帯を持ち、もう片方の手でハンカチを握りしめていた。わたしは風邪をひいている彼女のことを思いやってみた。風邪はいやなものだ。風邪っぴきなのに会社や学校に行かなければならないとなると、なおさらだ。この咳ではきっと夜もなかなか寝つけないだろう。あんな咳が出るなんてすごくつらいことだ。わたしは彼女の隣で体を丸めている、陸にあがったアザラシのように大きくて寄るべない男の人に目を向けた。いや、でもこの人をアザラシにたとえる権利なんか自分にはないし、いかなるたぐいの直喩《ちょくゆ》も隠喩もするべきではない、とわたしは思った。もうちょっと優しい目で見てみよう。電車でこんなにぐっすり寝てしまうなんて、この人はきっとすごく疲れているのだ。もしかしたら仕事がきついのかもしれない。もしかしたら何か事情があって家ではひと晩じゅう眠れず、唯一睡眠を取れる場所が電車なのかもしれない。奥さんに赤ん坊が生まれたばかりなのかもしれない。わたしは彼のスーツを見た。生まれたばかりの赤ん坊の痕跡は特に見あたらなかった。もしかしたら奥さんだかパートナーだか、とにかくその誰かが鬱で、それが脱出不能なパターンになってしまっているのかもしれない。その彼だか彼女だかが咳をして、二人とも一睡もできないのかもしれない。あるいはこの人は独り暮らしなのかもしれない。奥さんもパートナーもいないのかもしれない。あまりにも独りぼっちで夜のあいだ一睡もできず、こうして会社への行き帰りの電車の中で見知らぬ人々に囲まれて、やっと眠れるのかもしれない。

　そのうちに、三十マイル先の駅で死んだという人のことをちらりとでも考えなかった自分が恥ずかしくなってきた。その人、男だったんだろうか女だったんだろうか。その彼または彼女はどんなふうにして死んだんだろうか。心臓発作？　それとも走ってくる電車に身を投げたんだろうか、平日の夕方のいつもと変わらぬ帰路の途中で、あるいはどこかへ行こうとして急に何もかもいやになって？　前にどこかで聞くか読むかしたのだけれど、一年のうちでもっとも多くの人が耐えがたいと感じる季節が春なんだそうだ。また明るい季節がめぐってくることに。それとも事故だったんだろうか。その彼または彼女は、時間どおり家に帰ろうとして電車に向かって走っていたのだろうか。うっかりホームの外に足を滑らせ、体のほかの部分もそれに続き、そこに運悪く電車が来てしまったのだろうか。今この瞬間にも誰かがオーヴンに料理をセットし、テレビをつけて、彼または彼女の帰りを家で待っているだろうか。

わたしはあなたのことを思った。わたしがまだこんなところにいるとは想像もしていないだろう。もっとずっと家の近くまで来ていると思っているはずだ。そろそろあのインド料理屋に電話しようとしているかもしれない。もうしてしまったかもしれない。今まさにしている最中かもしれない。わたしがもうじき時間どおり帰ってきて料理をピックアップすると信じてほがらかに料理を注文しているあなたのことを思った。アルミ箔《はく》の容器に詰められ紙袋に入れられて店の厨房《ちゅうぼう》のサイドボードかどこかの上でだんだん冷めていく料理のことを思った。わたしがもうじき帰ってくることを信じて疑わずに家のリビングで待っているあなたのことを思うと、見ず知らずの人々を何百人と気に掛けるよりも、その人たちが死ぬことを想像するよりも、ずっと胸が痛んだ。

携帯を出してみたが、あいかわらず死んでいた。わたしは鬱の本を読んでいる女の人のほうを向いた。

あの、とわたしは言った。

女の人が目を上げた。

すみませんが携帯電話を貸してもらえないでしょうか、とわたしは言った。

だめです、と彼女は言った。

あ、はい、とわたしは言った。

なぜだか教えてあげましょうか？　と彼女は言った。

この人は図書館でお菓子を食べている人に向かってルールだの規則だのを声高に説くタイプの人

間だ、と気づいたときにはもう遅かった。

個人の信条として、と彼女は言った。携帯電話は持たないことにしています。

はあ、とわたしは言った。

携帯電話と脳腫瘍のあいだに因果関係がないことはまだ証明されていないのです、と彼女は言った。

なるほど、とわたしは言った。

ですからたとえわたしが携帯電話を持っていたとしても、それをあなたに貸すことはいたしません。もしそれを使えば、わたしは自分だけでなく、あなたや、この電車に乗っているほかの何百人という人たちや、送電線のそばに住んでいる名前も知らないたくさんの人々にまで大変な危害を加えることになるんです。

わかりました、とわたしは言った。ありがとうございます。

彼女は本に目を戻した。顔が喜悦に輝いていた。わたしは向かいの女の子のほうを見た。彼女は片目を薄く開けていたが、盗み聞きしていたのをわたしに気づかれまいとして急いで目を閉じた。けれどもわたしは気づいたし、彼女も気づかれたことに気づいて、ふたたび目を開けた。

できればお貸ししたいんですけど、と彼女は言った。もう電話のお金があまり残っていなくて、自分がかけるぶん以外には使えないんです。ごめんなさい。

そうですか、とわたしは言った。いいんです。ご親切にどうも。

彼女はうなずいて目を閉じた。わたしは通路をはさんだ反対側に座っている四人に目を向けた。みんなわたしから目をそらし、天井を見たり、床を見たり、暗い窓の両側に並んで停まっている列車の中で眠ったり本を読んだり電話をかけたりしている人たちを見ていた。と、もう小一時間ちかくも動かなかったわたしたちの列車ががくんと息を吹き返し、わたしたちが前に進むにつれて両側に並んで停まっていた列車の中の人々が後退した。

車両のあちこちで人々が歓声をあげ、人々に電話をしはじめた。やれやれ、と本読みの女性が言った。向かいの女の子はわたしを見、本の女性を見、それから横を向いて電話のどこかを押し、それを顔に当ててひそひそ声でもしもし？　と言った。

列車は速度を上げた。ひどく心もとなく感じられる線路の上を、わたしたちはぎくしゃく揺れながら進んだ。またスピードが落ちた。車両のあちこちで、人々がああっと声を上げた。

ウソでしょ、向かいの女の子は言って咳をした。

いっつもだ、俺が電車に乗るといっつもこうなんだ、背後で男の声がした。たぶん電話をしているのだろうが、もしかしたら狂人みたいに独り言を言っているのかもしれなかった。誰も責任を取りゃしないんだ、とその人は言った。誰ひとり。誰もこれを何とかしようと思わない。責任者不在だ。誰を責めればいい？　だあれもだ。

わたしは自分が座っている座席の擦《す》りきれた安手の布地を見た。もしも家に帰って誰もいなかったらどうしよう、とわたしは考えた。わたしが家に入っていくとあなたはいない。わたしはローンを組んで買った家の玄関ドアを開けて中に入り、コートを脱ぎ、テイクアウトの料理の入った紙袋をもって椅子に座る、だがあなたはいない。わたしがアルミの容器の油ぎった蓋《ふた》を中身を床にこぼさないよう注意しながら開けることもなければ、あなたがその間に二人ぶんの皿とフォークを運んでくることもない。あなたはお話の中みたいにまっすぐ空に向かって昇っていき、種も仕掛けもあるマジックで人を消してみせるときのようにあとかたもなく消えてしまう、わたしたちやわたしたちの人生とは縁もゆかりもないどこかの誰かの人生に起こるはずだった出来事のように。あなたの姿はなく、家は屋根が吹っ飛び、折れた梁《はり》がぶら下がり、家具はすべてひっくりかえっている。家の下の地面がとつぜん裂け、家を丸ごと飲みこんでしまう。わたしが帰ると家はない。昔の戦時中の写真みたいに、家々に囲まれてそこだけごっそり地面がえぐれている。わたしは自分の知らない誰かが死んでも何とも思わなかったし、なんで思う必要がある？　代わりにわたしは、もしも自分のものだった何かが自分のものでなくなったら、と想像して、無理やりに何かを感じようとしてみたが、けっきょく目の前のこのガラスのように鈍くて強固な一つの真理に行きついてしまった――もともと何ひとつとして自分のものなんてなかったんじゃないか。

　わたしは窓ガラスに映った自分を見た。半透明の自分の向こうと背後に大地の闇が広がっていた。わたしは行きつくところまで行きついて、そこから先はなかった。列車ががくんと揺れて小さな駅で停まり、天井の声が、この駅に少なくとも一時間半停車します、情報しだいではもっと長くなる場合があります、と言った。ドアが開くと、怒れる乗客たちがなだれを打ってホームに降り、返金を、タクシーを、説明を求めて、駅舎の前で恐れをなして立ちすくんでいる小駅の駅長めがけて殺到した。わたしも立ちあがって外に出て、人並みをかきわけて出口の表示のほうに向かった。ここがなんという駅でなんという街なのか、車が一台もいないタクシー乗り場の横に出て地名を見て初めてわかった。

　そこは田園都市《ガーデン・シティ》だった。たしか樹木と何か関係ある街という意味じゃなかったっけ。たくさんの木や緑があって、何か歴史的な要素もあったような気がするけれど、何なのかは思い出せなかった。

街の条例で何本以上木が植わっていなければならないとか、何エーカー以上緑地がなければならないとか定められているとかだろうか。わからなかったし、元は知っていたとしても、もう今は思い出せなかった。

　わたしは道の一方を見わたし、もう一方も見わたしたが、どちらの方向に行けばいいのかわからなかったので、あいかわらず怒号うずまく駅構内にふたたび戻った。群衆を迂回《うかい》して、さっきまで乗っていた列車の横を端から端まで歩いていき、車外に出て煙草を吸っている人たちと目があうたびに軽く会釈をした。お互い災難ですね――わたしたちは肩をすくめたり、顎《あご》をちょっとしゃくったりして無言で言いあった――でももうどうしようもありませんよ。列車の先頭に着いた。運転士は窓に両足をのっけて新聞を読んでいた。わたしはホームをさらに先まで歩いていき、行きつくところまで行った。ここまで来ると、駅の喧騒《けんそう》はふしぎなくらい聞こえなくなった。わたしはホームの縁に座り、ついで脇からそろそろと線路に降り立った。

　四月が肌で感じられた。手の甲に、着ている服ごしに――コートは電車の座席に置いたままだった――かすかにひんやりとした空気が触れた。一年のいちばんあたたかな季節、光あふれる何か月かが、もうすぐ始まろうとしていた。わたしは両手をポケットに入れ、一歩一歩注意して枕木を踏みながら歩きだした。トイレットペーパーや汚水をまたぎ、枕木と枕木のあいだのでこぼこの石に足が当たると痛かった。ほんの少し歩いただけで、もう脚がだるかった。行く手にはまばらな街の灯に縁をきらめかせた線路がカーブしながら伸び、駅から遠ざかるにしたがって夜闇はますます濃さを増していた。今や聞こえるのは闇と、どこか遠くを走る車の音と、芽吹いたばかりの植えこみの若葉や線路の両脇の土手に落ちたゴミがときおり風にかさかさ鳴る音だけだった。わたしはそれらすべての匂いをかいだ。鼻の奥や口の中に入りこんだ冷気はディーゼルやガソリンの味がして、その向こうに木々の若葉と草と土が香った。

電話が鳴って、すぐに取った。

もしもし？　とわたしは言った。

自動音声が流れて、以下の方からコレクトコールの申請があります、許可しますか、と言ってから一瞬の間《ま》があって、あなたが自分の声で自分の名前を吹きこんだテープが流れた。はい、とこちらの返事用にあけられた空白に向かってわたしは言った。大きな声ではっきりと、まちがえられないように。

もしもし、とあなたが言った。

あなたは無事だった。あなたの身には何もわるいことは起きていなかった。あなたは二十四時間営業のスーパーマーケットの公衆電話からかけてきていた。乗っていた電車が何かの事故で何度も停まったのだ、とあなたは言った。だから歩いて家まで帰ることにした。まだあと三十マイルかそこらあると思う。最初の何時間かは線路の上を歩いていたのだけれど、蛍光色の服を着た線路工事の人が三人追いかけてきてすごい剣幕で怒られ、訴えますよとまで言われた。それで裏通りの路肩の草の上を歩いていたら、野原の向こうにスーパーの明かりが見えた。足首まで泥にまみれ、靴や靴の中にも泥が入っていた。体じゅうから畑の匂いがした。

わたしは片手で受話器を耳に押し当て、もう片方の手で目をこすった。あなたが自分の名前を言った声のことをまだ考えていた。電話の録音テープの中で宙づりにされた、小さくて訛《なま》りのある、無邪気なあの声。

こんな夜中なのに意外と人がいてさ、とあなたは言っていた。十人、いやもっとかな、買い物してる人がいる。買ってるのは、たとえば絆創膏《ばんそうこう》とかオレンジジュースとか。ついさっきレジを通ってった女の人なんか、こんな夜中にわざわざやって来て、買ったのが子供用の靴下一足だよ。なんだってこんな夜中に子供用の靴下なんか買うんだろう。

わからない、とわたしは言った。

本当にわからなかった。そのときのわたしにわかっていたのは、あなたのあの小さな声だけだった。それがあなたのファーストネームだけだったということ。あの機械仕掛けの中から聞こえたその声そのものが、わたしのどこかを痛ませていた。

あの人に訊《き》いてみればよかった、とあなたが言っていた。でももう行っちゃった。二度と訊くチャンスはないだろうな。あっちにいる男の人はかごいっぱいにビスケットばかり山盛りにしてる、それも全部同じ銘柄の、何とかいうフランスのビスケット。その人が言うには、その特別なビスケットはここのチェーンにしか置いてなくて、だから車で街じゅう走りまわって買い漁ってるんだって。人のやることって、ほんと不思議だよね。

うん、とわたしは言った。不思議。

従業員の人たちが紅茶とコーヒーの棚のところで踊ってる、とあなたは言った。スピーカーからラジオを流してて。店じゅういたるところに段ボールがあって、明日に備えて、というかもう今日だけど、今日に備えて品物を箱から出して棚に並べてる。わたしたちがふつうに寝静まってるあいだにも、どこかで誰かが大きな箱を開けて品物を並べたり、新しい新聞の束をばらして売店やスーパーや店の新聞スタンドに並べてて、でも新聞やなんかを買うわたしたちはそんなこと想像もしてないんだね。

だね、とわたしは言った。

一文無しで何も買えないのにスーパーにいるのってけっこう面白いよ、とあなたは言った。

うん、とわたしは言った。たしかに。

財布も上着も電車の中に置いてきた、とあなたは言った。買った本も、持ち帰った仕事も、眼鏡もケータイも、何もかも。

どうせ死んじゃってたし、とあなたは言った。でもまあ眼鏡はできれば取り戻したいけど。

キャッシュカードを止めたほうがいいよ、とわたしは言った。

そうなのかな、とあなたは言った。小切手帳の内側に二十四時間対応の電話番号が書いてあったと思う、寝室の。ていうかさ、もしかして起こしちゃった？　ここに着いて時計を見るまで今が何時かぜんぜんわかってなかったんだよね。

ううん、大丈夫。ぜんぜん気にしないでいい。ま、じつはソファでちょっとうとうとしてたけど。

そっか。じつは鳥が鳴いてて、とあなたは言った。道を歩いてたらその鳥がずっと鳴いてて、ほんとに朝みたいに、でもあたりは真っ暗で、ほかの鳥はぜんぜん鳴いてなかった。あれなんていう種類の鳥なんだろう。こんな真夜中に鳴くなんて、そんな鳥いるのかな。

そんなことより、とわたしは言った。キャッシュカードは絶対止めたほうがいいと思うけど、それそっちがやらなきゃだめだと思う。たぶん本人以外はだめなんじゃないかな。こっちで電話しても受け付けてもらえないと思う、たぶん。

　もうどうでもいいや、とあなたは言った。正直そういうの全部どうでもいい。見つけた人が好きに使えばいいよ。財布に入ってるお金も。どうぞご自由にって感じ。どうせどっちの口座にも大した金額入ってないし。あ、でも一つはそうでもないか。ていうか、それにはけっこうな額が入ってる。悪いけど、それだけちょっと電話してくれないかな。ゴールドカードのやつ。頼める？　でももう一つのはほんとにどうでもいい。ああそうか。クレジットカード。クレジットカードも財布に入ってるんだった。

　わたしは〝クレジットカード〟という単語をメモしてから言った。もし向こうが止めさせてくれないんなら、電話を入れた時点よりあとで使われた金額はあなたに請求しないって言質《げんち》とる。それから時計を見た。三時十分だった。

　じゃ、今からすぐ電話する、とわたしは言った。

　あ、まだ切らないで、とあなたは言った。あとちょっとだけ。

　でもさ、さっきのそのビスケット買ってる男の人、とわたしは言った。あなたのカード使って買ってたらどうするの。

　構わないよ、とあなたは言った。切らないで。ねえ、聞こえる？

　何が？　とわたしは言った。

　しぃぃっ、ほら、とあなたは言った。

　あなたの声の背後で、リズミカルなずん、ずんというくぐもった音、機械的な心音みたいな音が鳴っていた。それともこれはわたしの心臓の音だろうか。たしかに体のどこかで何かが激しく脈打っていて、廊下に立って受話器を耳に当てているわたしの体はぐらぐらした。

聞こえる？　とあなたが言った。

なんとなく、とわたしは言った。

あなたはそれに合わせて歌いだしていた。朝目覚めたときから、とあなたは歌った。メーキャップ、メーキャップをする前。

あなたの背後でも誰かが曲に合わせて歌っていた。

いま歌ってるのはケリー、とあなたが言った。

え、だれ？　とわたしは言った。

ケリー。レジ係の、とあなたは言った。十九歳なのにもう子供が三人、それも五歳以下の子ばかり三人もいて、何とか暮らしていくために夫婦して朝から晩まで働かなきゃならないっていうから大変だよね。

　キッチンの時計は三時十五分を指していた。あなたは電話の向こうで歌っていた。わたしはバスに向かって走るの、ディア。走りながら二人のことを考える、ディア。わたしは急に気づいた。もしかしたらいま自分はあなたと電話なんかしてないんじゃないか、そういう幻覚を見ているだけなんじゃないか。あなたはケリーの夫のデイヴの話を始めた。塗装工と内装業の見習いをしているんだけれど、最近のＤＩＹブームのせいで、塗装工も内装業も先行きは厳しい。

　わたしはそれをさえぎって言った。死神《デス》はどうなったの？

そのせいで電車が停まっちゃったよ、とあなたは言った。

あの男の人のせい？　とわたしは言った。

あれ男の人だったの？　とあなたは言った。ニュースになってた？　何があったの？

だって見たんでしょ、とわたしは言った。駅で、白い服着て。

ああ、そっち、とあなたは言った。すっかり忘れてた。ほんとに。おかしいよね、誰かを見てそんなふうに思っちゃうだなんて。でもほんとに死神に見えたんだよ。

あなたは笑っていた。そろそろ銀行に電話しないと、とわたしは言った。

だめ、まだ切らないで、とあなたは言い、その声はわたしの耳に小さくか細く響いた。もうじき朝だよ。あとちょっとで日が昇る。

知ってる、とわたしは言った。四時間半後には仕事に行かなきゃ。

ああ、そうか。オッケー、じゃあ切る前に手短に教えてほしい、とあなたは言った。あのさ、今日の夜はどんなだった？　何をしてた？

今日の夜何をしてたか、とわたしは言った。そうだな。まず地面からひっこ抜かれて手足をばたばたさせてた。釣りあげられた魚みたいに。

へ？　とあなたは言った。

天にいる誰かに大きな釣竿《つりざお》で釣られたみたいに、とわたしは言った。それか胴にロープを巻かれて飛行機から吊り下げられたみたいに。それから目の前でこの家ががらがら崩れて、しばらく瓦礫《がれき》の中に倒れてた。そしてわたしは完璧に消えた。世界に存在していなかった。そしたらあなたから電話がかかってきた。

こっちが何して、そっちが何したって？　とあなたが言った。

わたしは大きく息を吸いこんでから十数えた。数えながら、今夜の自分を振り返った。

一。時刻は夕方。わたしはカウチに寝ころんでテレビを観ながら、あなたがロンドンから電車で帰ってくるのを待っている。ある番組で女の人が自分の母親に、夫つまり母親にとっての義理の息子をドーセットまで迎えにいってほしいと頼んでひと晩留守にさせる。その隙にBBCのスタッフがやって来て、内緒で母親の庭を作りかえる。庭はとても広くて、青々とした芝生を全部はがして代わりに敷石を敷きながら、スタッフたちはカメラに向かって何度も首を振り振り、今回の収録はとにかく時間が足りないので大変だ、しかもこの悪天候だ、というようなことを言う。雨が降りに降る。途中スタッフと庭の持ち主の娘が古い大木の陰で雨宿りするカットが何度もはさまれる。この木はどうも病気らしいという話になる。次に雨がやんだ隙にスタッフたちはチェーンソーで木を切り倒し、パワーショベルで根っこを掘りあげる。番組の最後、スタッフたちはわくわくしながら新しく設置したパゴダの陰に隠れ、女の人が母親を連れてきて、モダンな墓地みたいになった庭を見せるのを見守る。母親は呆然と庭を見まわす。テレビのスタッフたちがいきなり飛び出してくると、母親は泣きだす。信じられない、ほんとにあなたがやったの、と彼女は言う。信じられない、ほんとにこの人たちがやったの。画面を何分割かして、ビフォー、途中、アフターがつぎつぎ映し出される。シャンパンの栓が抜かれる。テレビのスタッフたちは親しみをこめて女の人と夫と母親を肘《ひじ》でつつく。母親は最後まで首を振り、目をぬぐいながらスタッフたちを見つめている。

番組は終わる。わたしはビデオデッキの時間がまちがっていないことを確かめるためにキッチンに行き、時計を見る。

二。わたしは店に電話をする。代金は二十二ポンド五十だと言われる。

三。歩いて店まで行き、お金を払って料理を受け取って帰り、火を消したオーヴンに紙袋ごとしまう。

四。あなたの携帯に電話してみる。すぐに留守電サービスにつながる。自動音声がメッセージをどうぞ、と言う。わたしはメッセージを吹きこむが、声が少しうわずって変なのが自分でもわかる。終わると自動音声が流れて、録音をやりなおしたい場合は3を押してください、と言う。わたしは3を押し、メッセージを消去する。もう一度テレビをつけ、ふたたびカウチに横になる。深刻な消防士不足のために消防士が危険にさらされている。スペシャルKのCM。ビリヤード。男が女に言う、ごめんねルーク、ほんとにごめんね。サッカー選手がステロイドの使用禁止を訴える。正解は『ゴーメンガースト』です。昔の『イーストエンダー』の再放送、みんな今より若くて服が古くさい。子供の絵本に出てくる動物はと訊かれて、百人中だれも「象」と答えなかった。たったひとり「象」と答えた男の家族が死ぬ。アニメ番組。サッカーの試合、どこか対ブラジル。どこかの村の百年前の橋の写真にかぶせてナレーション、当時祖母の村には自動車は一台もありませんでした。ボーイズグループ。カームズのCM。昔の『スタートレック』の再放送。どこかの球団がホームの球場の名称を変更すると発表。今夜の天気（晴れ）。ハート形のケーキ型の通販。昔の『コロネーション・ストリート』の再放送、みんな今より若くて服が古くさい。ジェリー・スプリンガーが片脚の老人に訊く、じゃあ彼女との出会いはコンビニ？　デジタルテレビのCM。A・モーカムとワイズ、B・モルダーとスカリー、C・ボニーとクライド。ぼうっと光る脳にかぶさるナレーション、実は自我などというものは存在しないと私は考えます。われわれはみな遺伝子により作られた機械なのです。思考はヒトの脳を侵すバイ菌、寄生虫です。人間は遺伝子とミームによって創り出されたものなのです。わたしはチャンネルの最初に戻って一から観はじめるが、無意味なガラクタが潮の流れに乗ってこちらに押し寄せてくるのを眺めているみたいな気分になる。世界じゅうから流れつく、けっして分解されない物質でできたものたち。

五。わたしはテレビを消す。キッチンに行き、あなたの携帯にかけてみる。メッセージを残してくださいと声が言う。わたしはなるべく落ちついて聞こえるような声で、無事を祈ってます、電話をください、とメッセージを入れる。

六。二階に行き、窓から通りを見る。下に降り、もう一度あなたの携帯にかける。メッセージを残してくださいと声が言う。わたしはさっきよりずっと落ちつきのない声でメッセージを残し、切った瞬間消去しなかったことを後悔する。自分の携帯を出してあなたにメールする。〈**いまどこ？XXX**〉。送信を押す。エラーの表示。もういちど送信。ふたたびエラーの表示。４５３に電話をすると、自動音声が流れてわたしの携帯のカードは残り六ポイントだと言う。

七。わたしは玄関のドアを開ける。道の真ん中に立って見まわす。少し歩いて角が見えるところまで行く。角まで歩き、次の通りを見る。家に引き返す。開いた玄関ドアから光が皓々《こうこう》とあふれている。まっすぐキッチンの電話まで行き、あなたの携帯にかける。メッセージを残してくださいという声を聞いている最中に、あなたが携帯が壊れたと言っていたことを思い出す。

八。あなたは迷子になった。どこかで道に迷っている。いま自分がどこにいるかわからずにいる。わたしはキッチンの冷蔵庫の横に立ち、何年ぶりかで神に祈る。あまりに久しぶりすぎて、やり方を忘れてしまっている。とにかく低姿勢で、必死に祈る。

あなたはわたしの手の届かない、声も聞こえないところにいて、苦しんでいる。

わたしは取り引きする。もしあなたを無事に家に戻してくれたら、もう一度カトリック信者になります。

あなたはわたしに知られたくない場所に、わたしに知られたくない誰かといっしょにいる。

九。わたしはカウチに座る。自分の人さし指から小指の爪を見る。それから親指の爪を見る、まず片方、ついでもう一方。もし自分の親指に爪がなかったらどうなるだろう、と考える。あるいはこの人さし指や、この小指に。拷問《ごうもん》に使われた場合、想像を絶する痛さだと言われているのは知っている。人間に爪があるのは――たしか、いつかテレビで言っていた――ネアンデルタール人や動物の爪の名残なのだ。指の神経を守る役目があり、ケラチンというタンパク質でできている。爪は伸びるのがとても速い、一週間ですごくたくさん伸びる。死んだあとも伸びる、髪もそう。お構いなしに伸びつづける。誰もがそのことを知っている。

そういえば何年か前、あなたは爪をうんと短く嚙《か》んでしまう癖を直そうとして、一日につき指一本だけと決めて、月曜日は親指、火曜日は人さし指、水曜日はその次、というふうに嚙むことにしたのだった。わたしはあなたが今もそのやり方をしているのだったか、それとも昔みたいに嚙むようになったのか、それとももう爪を嚙むのはやめたのだったか思い出そうとする。だめだ。あなたの爪が長いか短いかも思い出せない。

十。

スーパーの電話の向こうであなたがわたしの名前を呼んでいた。もしもし？　ハニー？　まだそこにいる？

うん、とわたしは言った。

今夜は何をしてた？　とあなたは言った。

まあ、いつもみたいな感じ、とわたしは言った。ねえ、車でそこまで迎えに行こうか？　たぶん三十分ぐらいで着くよ。

いやいい、とあなたは言った。ほんとに歩きたいから。それにもうすぐ明るくなるし。

そうだった。四月なのだ。電話を切ったあと、わたしは銀行に電話をかけ、戸締まりをして、歯をみがいて寝室に上がり、目覚ましを四時間後にセットし、ベッドの自分の側に仰向《あおむ》けに寝て、あなたの枕を目の上に当てて光をさえぎり、残された時間をなんとか眠ろうとするだろう。

じゃあそろそろ銀行に電話する、とわたしは言った。

まだ切らないで、とあなたが言った。

わたしは時計を見た。

あと五分だけ、ね？　とあなたが言った。

わかった、とわたしは言った。

五月

あのね。わたし、木に恋してしまった。どうしようもなかった。花がいっぱいに咲いていて。

その日もふだんと変わらない朝で、わたしはいつもどおりこの家を出て、職場までの道を歩いていた。家からいくらも行かない、ほんの角を一つ曲がったぐらいのところだった。そのときわたしは歩きながら舗道《ほどう》を眺めて、もしかしたら世の中には、地方の自治体に雇われて朝から晩まで下を向いて歩きまわって、歩行者がつまずきそうな箇所を探してる人たちがいるかもしれない、なんて考えていた。そういう場合の求人広告って、なんて書くんだろう。どんな見出しがつくだろう。〈求ム　舗道及び路面調査員〉とか？〈敷石査察官〉？　それとも〈地区舗道破損状況鑑定士〉？そういうものになるには、やっぱり何か資格が必要なんだろうか。テレビのクイズ番組で司会者がその人に訊ねる——あるいはパーティで初対面の誰かが笑顔を浮かべてこう訊《き》く——で、ご職業は？　するとその人はこんなふうに答える、実はわたくし舗装道路視察コンサルタントをしております、素晴らしい仕事ですよ、高収入ですし、けっこう高度な専門技術を要しましてね、大変にやり甲斐のある、将来性の高い職業だと思います。

いや、もしかしたらもう自治体の仕事じゃなくなっているかもしれない。そういう調査員を派遣する民営化された企業みたいなのがあって、何か見つかったら関係窓口に報告させるとか。そっちのほうがありそうだ。それから自分が調査員になったつもりで、報告するべき箇所を頭の中でいちいち指さし確認しながら歩いていたら、ふいに目の前の地面が消えた。本当に、消えてなくなった。わたしの立ってるところから先の歩道が、いちめんふんわりとした絹の切れ端のようなもので埋めつくされていた。花びらだった。白いきれいな花びらだった。わたしはそれがどこから落ちてきたんだろうと上を見あげて、その落ちてきた元を見た。

女の人が家から出てきた。うちの庭に入らないでちょうだい、あんた何、クスリでもやってるの？　とその人は言った。やっていない、とわたしは答えた。そうしたらその人は、次にあたしが窓の外を見て、まだあんたがそこにいたら警察呼ぶわよ、と言って家の中に戻っていって、ぴしゃりとドアを閉めた。自分がよその家の庭に入っていたなんて全然気がつかなかった。ましてや、そんなに誰かをおびえさせるくらい長いことそこに立っていただなんて。わたしは庭を出た。そして門の外に立って、歩道からまたその木を見あげた。けっきょくその人は警察を呼んだらしくて、男と女の警官がパトカーに乗ってやって来た。二人とも物腰は柔らかかったけれど、有無を言わせない調子だった。不法侵入とか、不審行動とか、そんなようなことを言って、わたしの住所と名前を控えて、注意を与え、それからわたしをパトカーに乗せて、うちまで送り届けた。二人はわたしが本当に鍵を持っているかどうか、嘘《うそ》の住所を言っていないかどうか見届けるために、しばらくそこにいた。鍵を出してドアを開け、中に入ってドアを閉めるのを車の中からじっと見張っていた。十分ぐらいエンジンをかけたままそこにいて、それからやっと車を発進させる音がして、帰っていった。

　常識的とされるよりも長い時間、木を眺めていただけで罪になるだなんて、思ってもみなかった。パトカーがうちの前に停まったとき、降りようとしたけれど、降りられなかった。パトカーなんて乗ったことがなかったから知らなかったけど、後ろのドアは内側に把手《とって》がない。誰かが外から開けてくれないと出られないようになってる。でもわたしは最初、自分の目があんなふうになってしまって、そのせいで把手が見えないのかと思った。目の中が白でいっぱいだった。白以外、何も見えなかった。あの女の人のことも警察のことも、ふうわりとした白の紗《しゃ》の向こうのできごとだった。誰もかれも、何もかも、実体のない、ぺかぺかのラジオの声の亡霊みたいで、まるでどこか遠い場所で、わたしじゃないべつの誰かに起こっているドラマを見ているようだった。玄関に立って、パトカーが行ってしまう音を聞いているあいだも、わたしはただ、ゆらめくような、重なり合うような、燃え上がるような白を透《す》かしてすべてを見ていた。パトカーが行ってしまったあとも、長いことカーペットの上に座りこんでいた。手に触れるカーペットのでこぼこや皺《しわ》がびっくりするほど大きく感じられて、壁にかかった額も、玄関のテーブルの上のダイレクトメールの束も、すぐ横の床に垂れている電話の黒いコードのぐるぐるも、白の向こうに、やっとそれとわかるくらいぼんやりと見えるだけだった。

　あなたに電話しようと思った。それからあの木のことを考えた。それまで見た木のなかでいちばん美しかった。今までに見たもののなかで、いちばん美しかった。三月にいっせいに咲くほかの木々の花は、冷たい早春の花だ。咲くともっと寒くなり、もっと雪が降る。でもあの木はちがう、あれは夏の盛りの花だ。それは青い空の白、灼熱に霞《かす》む空の白、庭に干したと思ったら暑さであっという間に乾いてしまってすぐに取りこむシーツの白。太陽の白、この世のすべての色の奥にある白、騒々しい白の上に重なる騒々しい白、甘い香りを放ちながら房になって差しのべられ、頭をもたげ、うつむき、そうやってうなずきながら、同じ一つの言葉を何度も何度も——イエス、イエスと——繰り返す白。自分の上にあふれてこぼれる白。蜂《はち》たちを待ちわびる白、見るものを中に誘いこみ、ぽわぽわと花粉まみれにする白。それははかないがゆえになおいっそう美しい。風が吹いただけで、葉が芽吹いただけですぐにこぼれてしまう、その命の短さゆえに美しい。それは緑の前ぶれの白だった、そしてわたしにはわかった、あの木の緑は、きっと白よりももっと美しいにちがいないって。もしあの木が葉をつけているところを見れば、きっとわたしは耳も、鼻も、緑でいっぱいになるだろう。目だけじゃない、わたしの頭ぜんたいが、五感のすべてが、わたしという存在そのものが、頭のてっぺんから足の爪先まで丸ごとぜんぶ葉緑素で満たされ、すっかりべつのわたしになるだろう。すでにわたしは変わってしまっていた。だって見てよ、このわたしを。玄関に座りこんで、馬鹿みたいに目をぱちくりさせて、顔の前に手をかざして、それがほかの誰かの手みたいに動くのを、見えない目で必死に見ようとしてる。自分はもう一生あれよりも美しいものを、ついに出会ってしまったあの木よりも美しいものを、見ることも触ることも味わうこともないんだと、はっきりとわかった。

　わたしは壁に手をついて、そろそろと立ち上がった。薄い空気を手でかきわけるようにして階段までたどり着き、手すりにつかまった。なんとか上までのぼりきると、這《は》うようにして寝室に行き、ベッドにそろそろと体を横たえて目を閉じた。目をつぶっても、閉じたまぶたの裏にまだ白があった。心臓の鼓動のように、それは暗く明るく、明るく暗く脈打っていた。今まで生きてきて、いったい何回あの木の下を気づかずに通りすぎてしまったんだろう。あの道は千回は通ったはずだ、いやもっとかも。もしかしたら、ほかにももっといろんなものを見落として生きてきたんじゃなかろうか。もっといろんな愛を。でも、もうどうでもいいことだった。ほかのことは何もかもどうだってよかった。つぼみは、たくさんの小さな鹿《しか》のつんとがったひづめのようだった。花は——ううん、花は、ただ花のようだった。葉だって芽吹けば、きっとただ葉のようだろう。あんなにも木らしい木を、わたしは見たことがなかった。救われた思いがした。あの根、あの幹。水分が根と幹を通って枝や花や葉に届けられるさまを想像しただけで、うれしさでくらくらした。そして雨が降れば、水は葉に受け止められてふたたび根元に降り注がれる。なんという知恵。わたしが呼吸《いき》をしていられるのは、あの木のおかげだ。幹や樹液を護《まも》っている樹皮のありがたさ。表面に刻まれた繊細《せんさい》な溝。それを指でなぞってみるところをわたしは思った。それから木の内側のことを思った。無数に重なった丸い年輪の一つひとつが、あの木の生きてきた一年ずつ、一つとして同じもののない四季のうつろいの証《あかし》なのだと思ったら、高校生みたいにぼろぼろ泣けてきた。ベッドの上にあおむけに寝て、わたしは十七歳にもどったみたいに、声をあげて泣きながら笑った。それはもうわたしの知らないべつの誰かだった。とっくに仕事に行っていなくちゃならないこんな時間にベッドの上に横になって、枕を抱きしめて、心なのか魂なのか脳みそなのか肺なのか、何かわからないもののせいでこんなふうにふわふわハイになって。その何かは、ぷつんと糸が切れてわたしから離れていって、木のてっぺんの、手の届かない高い枝にひっかかっていた。

　わたしはいつの間にか眠った。そして木々の出てくる夢を見た。階段をのぼっていくと、部屋のような果樹園のような場所がある、そんな夢だった。その部屋はとても大きな古い屋敷の最上階にあった。下はみんな荒れ果ててペンキのはげ落ちた階で、そのいちばん上にいちめん木が生い茂っていた。わたしは朽《く》ちかけて危なっかしい階段をのぼり、いくつもの階を過ぎて、その部屋の前に着いた。ドアを開けると、天井の下で小さな木々が、そよとも動かずにわたしを待っていた。夢から覚めると、目はだいぶ見えるようになっていた。わたしはバスルームで顔を洗い、服を整えなおした。大丈夫、ちゃんとして見える。わたしはキッチンに降りていって、流しの下の戸棚をひっかきまわして、あなたのお父さんのものだった、革ケース入りの古い双眼鏡を見つけ出した。バスルームの窓からも、奥の寝室の窓からもだめだったけれど、ロフトについている小さい窓からなら、庇《ひさし》がじゃまにならないように斜めに身を乗り出せば、あの木のちらちら光るてっぺんの白が、家と家のあいだにはっきり見えた。ちょうどいい角度でうんと体を伸ばせば、ほぼ全体を見ることもできた。でも、ロフトのべつべつの梁《はり》の上に足を置いて、バランスを取りながら身を乗り出すのは難しかったから、前のベッドのときマットレスの下に敷いていた板を物置の奥からひっぱり出してきて、ロフトのハッチを通せるようにノコギリで半分に切り分け、それからまた物置にもどって金づちと釘を取ってきて、二枚の板を合わせて梁と梁のあいだに渡して打ちつけた。

　木には鳥たちがやってきた。どこからか飛んできて、何秒間か、ときには一分ちかくもとどまって、それからまたどこかへ飛んでいった。一羽で来たり二羽で来たり、それが小さな影になって白の中を忙しく動きまわり、かと思うと花の奥にすっかり隠れて見えなくなった。木々の幹や枝には鳥の大好物の昆虫たちが好んで住んでいる。木はアリが牧場を営むのにも恰好の場所で、そこでアリたちはアリマキのような虫たちを育て、飼い、肥《ふと》らせ、乳を取る（そういったことを、わたしはその夜インターネットで調べて知った)。木の横を、車の列は何も知らずに通りすぎていく。その向こうを人々が行き来するのが見えた。母親たちは木の下を通って子供を学校まで迎えにいき、帰りは来た道を、子供といっしょにまた通っていく。勤め帰りの人たちが、木の前や横を歩いて通りすぎる。太陽は、木を中心にしてぐるりと天を一周する。かすかな風に吹かれて枝が頭をもたげ、また垂れる。そのたびに花びらがはらはらと舞い、車や芝生の上に落ち、ここからは見えない場所にも落ちて、わたしをもどかしさで身もだえさせた。時間が飛び去った。本当に文字どおり飛び去った。もう何時間も、ほとんど半日そうしていたらしくて、突然あなたが仕事から帰ってきて、どうしたのそんな高いところで、と叫んで我にかえった。わたしはロフトから下りて、パソコンを立ち上げ、〈木〉と入力した。ものすごくたくさんヒットした。あなたがごはん、と言うのでパソコンを離れ、夕食が済むとまた続きをやって、いいかげんにしてくれないとこっちまで寝不足になる、いますぐやめて寝ないんだったら本気で別れる、とあなたに言われてやめた。

　夜中、わたしは怒りで目を覚ました。あの木を自分のものだと思っている女に、むしょうに腹が立った。わたしはむっくり起き上がった。信じられないくらい激しい怒りだった。木なんていう所有不可能のものを、どうして自分のものだなんて思いこめるんだろう? 自分の庭にあるからってあの女のものだと思ったら大まちがいだ。あの木があいつのものなんかであるはずがない。どう考えたって、あれはわたしの木だ。

　何とかしなければ、と思った。いますぐあの家に行って、暗闇にまぎれて石かなんかを投げて窓を一、二枚割って、すぐ逃げる。そうすればあいつもきっとあの木が自分のものじゃないって思い知るだろう。当然の報いだ。目覚ましを見ると、二時十五分前だった。あなたは眠っていた。寝返りをうって、むにゃむにゃ何か言った。わたしはあなたを起こさないようにそっとベッドを出て、音をたてないように、服をバスルームに持っていって着た。

外はざあざあ降りの雨だった。わたしはうちの裏庭の木の下まで行って、手ごろな大きさの石を探した。（うちの庭の木が、わたしの見た木よりも劣っているとか、そういうのでは全然なかった。うちの木だって、みんなきれいだし素晴らしい。ただあの木じゃない、それだけのことだった。）どこかの海であなたといっしょに拾ったすべすべの石が何個かあったので、それを上着のポケットに入れ、表《おもて》からだとあなたに聞こえるかもしれないから、裏口から出た。あの女の家に行く途中、道の脇に廃材の入ったコンテナが置いてあった。どこかの家がフロントポーチを撤去して車寄せを作ろうとしているらしかった。コンテナには、レンガや半切りのレンガが山盛りになっていて、ほかに砕いてはがしたコンクリートの破片も捨ててあった。誰も見ていなかった。通りには誰もいなかったし、町じゅうどこにも人っ子ひとりいなかった。家々の明かりは、ごくまばらにぽつぽつ灯《とも》っているきりだった。

女の家に着くと、灯はすべて消えていた。わたしは全身ずぶ濡れで、庭の門の前の歩道にも、花びらがたくさん雨に濡れそぼってはりついていた。わたしはコンクリート片を脇の下にかかえこむと、音を立てずに門を開けた。わたしは優秀な泥棒になれたと思う。音もなく芝生を歩いて、あの木の下に立った。

雨が花びらをしきりに散らしていた。花びらは雨を含んでしんなりとなって落ち、絶え間なくしずくを滴《したた》らせている木の周りで、暗い芝生の上に白い輪を描いていた。みっしりと花をつけた枝のせいで、雨の音がよけいに大きく聞こえた。雨足の音は低いハム音となってわたしの頭上に遠ざかり、かわりに一つひとつの雨粒が一つひとつの花を打つ音が、はっきりと聞こえた。わたしは詰めていた息をほうっと吐き出した。根元の、濡れた芝のうえに腰を下ろした。長靴は花びらにまみれていて、髪をかきあげると、指にも花びらがついてきた。いつでも投げられるようにと、石と半切りのレンガとコンクリートの破片を一列に並べた。それにも花びらがくっついた。何枚かつまんで取った。なんだかまるで結婚式のあとみたいだった。わたしは寒くもないのにふるえていた。しっとりと暖かかった。いい気持ちだった。わたしは幹にもたれかかり、上着を通して背中に当たる幹の畝《うね》を感じながら、雨にはらはら落ちてくる花びらを見あげた。


あなたはキッチンの食卓に向かいあわせに座って、恋をしている、と私に告げる。誰に、と訊くと、あなたは非難するように私を見る。

誰かじゃない、とあなたは言う。

それからあなたは木に恋をした、と言う。

あなたはひどく具合がわるそうだ。顔が青ざめている。熱があるか、風邪のひきはじめかもしれない。あなたは黙ってトースターの下のマットをいじっている。私は平静をよそおう。怒りも動揺も顔に出さない。私はマットの下の、いったい何日ぶんの朝食のものかもわからないパンくずの線を見つめる。ふだん絶対に嘘なんかつかないあなたが嘘をつくのだから、きっとよくよくのことなのだろう。あなたらしくもない。でも考えてみれば、最近のあなたはまったくあなたらしくなかった。挑みかかるような目をしたかと思えば、ひどく気弱な顔つきになり、そうかと思うと子供みたいに無心な表情を浮かべた。私が寝ついたのを待ちかねたようにベッドを抜け出してどこかに行くようになったし、種子の飛散だとか森林再生だとか、妙なことばかり言うようになった。昨夜もあなたは、木が一個のリンゴを実らせるためには葉っぱ五十枚ぶんのエネルギーが必要なのだとか、一本の木には数百万枚の葉を作る能力があるとか、木の幹は芯材《しんざい》と辺材の二種類の材質からできていて、芯材には木の老廃物がためこまれているとか、森に生えている木のうち、ほかの木の下になっているのでじゅうぶんに日光を得られないもののことを下層木《アンダーストーリー・ツリー》というのだとか、そんな話を私にした。

ワタシ、木ニ恋シテシマッタ。ドウシヨウモナカッタ。こんな言いぐさ、ふつう誰だって怒る。でも私は事を荒だてない。ここはひとつ慎重にやる必要がある。私は当たりさわりのない言葉を選ぶ。

神話みたいな意味で？　と私は言ってみる。

神話なんかじゃない、とあなたは言う。何なの神話って。本当に本当の話なのに。

わかった、と私は言う。なだめるように。うなずいてもみせる。

本当に信じてる？　とあなたは言う。

信じてる、と私は言う。あたかも本心からのように。

どうやら本当に木らしいと納得するまでには、しばらく時間がかかる。そしていよいよそう考えてよさそうだとわかって、言うまでもなく私は安堵する。ほとんど小躍りしたい気分だ。何年もあなたと付き合ってきて、初めて恋敵らしい恋敵が現れたと思ったら、その相手にはアレもついていなかったのだから。しばらくのあいだ、私は自分の幸運に有頂天になって街を闊歩《かっぽ》する。木に恋だって？　まったく。私はくすくす笑いながらスーパーでリンゴを一袋買う。あるいはサクランボの軸を取ってぽいと投げ捨て、実を高々と放り投げて口でキャッチする。得意満面で、誰か見ていてくれればいいのに、などと思いながら。

私はまったくおめでたかった。何もわかっていなかった。

数日後、私は思い知らされる。仕事から帰ってみると、あなたはリビングの真ん中にいて、金づちとドライバーでフローリングをはがしにかかっている。二人で大枚はたいて張ったフローリングだ。あなただってもちろんそれを知っている。私はカウチに座りこむ。両手で頭を抱える。あなたは目をきらきらさせて私を振り返る。そして私の顔つきに気づく。

この下がどうなってるのか知りたくて、とあなたは言う。

コンクリートだよ、と私は言う。忘れたの？　二人でここに越してきたとき、床がむき出しのコンクリートで、それがすごく嫌だったからフローリングを張ったんじゃない。

うん、でもコンクリートの下がどうなってるのかなと思って、そうあなたは言う。調べなくちゃいけないの。

でも、どうやってコンクリートを割るつもり？　と私は言う。ドライバー一本じゃとても無理だよ。

「ホームベース」*でドリルを買ってくるつもり。どっちみち要るでしょ。

あなたはカウチの私の横に来て座り、木をこの家の中に移植するつもりだと言う。

家の中で木を育てるなんて無理だよ、と私は言う。

＊　イギリスの大手ホームセンターのチェーン。

無理じゃない、とあなたは言う。ちゃんと調べたもん。きちんと水をあげて、蜂で受粉できるようにしてあげればだいじょうぶ。あ、だから蜂も飼わないとね。かまわないでしょ？

光はどうするの、と私は言う。木は光がないと生きていけないんだよ。それに根っこは？　木の根が家の土台の下に入りこんで、家を持ち上げてしまって危険だから、それでみんな庭の木を切ったりするんだよ。わざわざ住んでいる家の土台を持ち上げるような真似をするなんて、正気じゃない。

あなたの顔がみるみる曇《くも》る。

だいいちそれは何ていう種類の木？　と私は訊く。

何ていう種類かとかそういうこと言わないでよ、とあなたは言う。言ったでしょ、そういうんじゃないんだって。

実をいうと、私はまだかの有名な木を見ることを許されていない。それはあなただけの大切な秘密であるらしい。うちの裏手の方向にあることだけはわかっている。ロフトの窓はそちらを向いていて、いまやあなたは家にいるあいだ、日のある時間はずっとそこに張りついているから。その木が今はちょうど若葉をつけはじめていて、その前、あなたが初めて見たときには花が咲いていたことも知っている。それが白かったことや、私に電話しようとしたけれど白以外なにも見えなかったことや何かを、私はもう何度も聞かされてきた。毎晩ベッドの中で、私が眠ったふりをするまでのあいだ、あなたはまるで私をむきになって説得するみたいに、木についてのあれやこれやを語りつづけた。いちばん最初の夜、私がそれ何ていう種類の木なのと訊いたら、あなたは急に怒りだした。

（そのとき私は思った――きっとあなたは自分の浮気だか何だかを私から隠そうとして作り話をし

たものの、木の種類までは考えていなくて、急にそんなことを訊かれたものだからあわてたのだろう、と。）あなたは見るからにあわてふためいて、腕を振りまわしながら言った。何ていう種類かなんて、そんなの何でもかんでも分類して名前をつけないと気が済まない人間たちの勝手なレッテル貼りだよ。みんな分類にとらわれすぎてる、大切なのはあれは分類なんかできないってことなの、あれはわたしが今までに見たいちばん美しい木だった、わたしはそのことしか知らないしそれだけ知ってればじゅうぶんなの、あれに名前なんかつけたくない、それがいちばん重要なことなの、わかった？　そうあなたは言った。

　無理だって。私はリビングの惨状を前に、冷静に、噛《か》んで含めるように言う。ねえ、よく聞いて。この世には家の中で育てられる木とそうじゃない木がある。そうじゃない木を家の中で育てたら弱ってしまう。枯れてしまうよ。それに、あなたの言ってることや何かから考え合わせるに、といってももちろん私はまだ見たわけじゃなくて、これはあくまで推測だけれど、あなたのその木って、もしかしたら家に入れるにはもう大きすぎるんじゃないのかな。

　わかってる、とあなたは言う。あなたの手からドライバーが滑り落ち、私たちの足元の、まだ無傷のフローリングの上でごとんと音をたて、そしてあなたはうちひしがれたように私にもたれかかる。私は内心勝ちほこる。腕の中で、あなたの体は温かい。私は首を振る。いかにも物わかりがよさそうな、悲しげな表情を浮かべたまま。

　それにきっと根も張っていて、動かしたりしたら木が弱るかもしれないよ、と私は言う。

　うん、とあなたはしょげかえって言う。そうじゃないかっていう気はちょっとしてた。

　だいいち、と私は言う、ただしあくまで優しく、そのほうが効果的なのを知っているから。だいいち、その木は誰かほかの人のものなんでしょう。あなたが勝手に持っていったりはできない。そうでしょう?

たぶんそれは言ってはならないひと言だった——その夜のあなたが私を置いてどこにも行かず、いつものようによそよそしくも上の空でもなく、私の腕の中にしっかりと抱かれていてくれた、その喜びを差し引いたとしても。すくなくとも、次の日私があなたを警察まで迎えに行くはめになるのは、まちがいなく私のそのよけいなひと言のせいだ。あなたは他人の所有物を故意に損傷したかどで署に連行されていた。わたしはまちがったことなんかしてない、あなたは帰り道ずっとそう言いつづける。何度も何度もそう繰り返し、取調室で調書をとる人にもさんざんそう言ってやったのだ、と言う。私はあなたが近道を嫌い、わざと遠回りして帰ろうとしていることに気づく。あなたをひとまず家に連れ帰り、あなたが私の淹《い》れてあげた紅茶をもってまた危険なロフトに上がってしまうと、私はそっと家を抜けだす。あなたが通りたがらなかった道を私はまっすぐ目指す。しばらくは何も変わったことは見当たらない。やがてリッチなお屋敷が立ち並ぶ通りにある一軒の家の前で、私はそれを見つける。歩道の上に、鮮やかな緑のペンキで、でかでかとこんな文字が書いてある——〈**所有は窃盗である**〉。

その家の庭に木が一本立っている。私はそれをまじまじと見る。けれどそれはただの木だ。まったく木としか言いようのない、どこにでもありそうな大きな木だ。出はじめたばかりの葉はまだ小さく、根元の芝生はまばらで小暗く、周りでは、夕方になると湧くカゲロウの群れが傾きかけた夕陽の中を飛びまわっている。私はだんだん腹が立ってきそうになって、何かべつのことを考えようとする。カゲロウの正式名称はたしかエフェメロプテラというのだ。大学で習ったので覚えている。

どうして、何の授業でそんなことを習ったのかも、ましてやなぜそんなことを今までずっと覚えているのかもわからないけれど。カゲロウたちは何と呼ばれようとお構いなしに、わんわんあたりを飛び交っている。一瞬、私は彼らが憎くなる。殺虫剤をスプレーして皆殺しにしてやろうかと考える。この木に斧《おの》を振り下ろすことを考える。幹を作っている二種類の材質がおがくずになってノコギリの歯からこぼれ落ちるさまを思い浮かべる。

　この家の持ち主に匿名で手紙を書いて、このままでは根っこが土台を持ち上げるおそれがあると（もっとも木は家の土台からはだいぶ離れていたけれど）忠告してやろうか。そうしたらその人は木を切る気になるだろうか。老婆心ながら一言申し上げます――私は頭の中でそうタイプしかけ、頭を振り、立ち去ろうとして、ふとまた歩道に書かれた字に目を止める。ひと思いに書きなぐったような、性急で、前のめりな、緑色の字。見ているうちに、私は出会ったばかりのころのあなたを思い出す。あのころの私たちはまだ思春期をやっと抜けたばかりで、自分たちが世界を変えるのだと信じて疑わなかった。

　家のドアが開いて、中から女が出てくる。自分の家の前で私がげらげら笑っていることが、明らかに気に入らない様子だ。あっちに行って、と女はどなる。でないと警察呼ぶわよ。

　私は家にもどる。あなたはロフトにいる。あなたを見ているとはらはらする。あなたは床のないロフトで、薄っぺらな板きれ一枚渡した上で危なっかしくバランスをとり、我を忘れて熱中している。私は、子供のころよく覗《のぞ》いて遊んだ双眼鏡の、分厚いレンズの円の向こうに木を見ているあなたの気持ちを想像してみる。あなたの頭の中で、木は音もなくクローズアップになり、すぐそこにあるのに触れることができず、八ミリフィルムのように動いている。あなたは途中であきらめるということを知らない人だ。降りろだなんて言うだけ無駄だろう。でもキッチンに、あなたはギリシャ風サラダを作っておいてくれている。上からお皿をもう一枚かぶせ、きちんとフォークまで添えて。私は穴の開いたフローリングの前で、カウチに座ってサラダを食べる。食べながら、二本の木に変えられた老夫婦の話を思い出す。夫婦は家の扉を叩いた見知らぬ旅人を親切に中に入れてやる、するとそれは神の仮の姿で、二人は願いを叶えられる。私は本棚を片っ端から探して、目当ての本を見つける。けれどもその本に老夫婦の話は見あたらない。かわりに見つけたのは、嘆きのあまり木になった若者の話や、嫉妬《しっと》に我を忘れて恋敵を死なせてしまった罰で低木に変えられてしまった女の話、少年が野で奏でた音楽があまりに美しかったために、木や茂みが土から根を引き抜いて歩み寄り、少年のために涼しい木陰を作ってやる話など。それから神が若い娘を見初《みそ》める話。娘は神に見向きもせず、神なんかなしでじゅうぶんに幸せで、神は娘を追いかけるけれど、彼女は狩りの名人なので素晴らしく足が速く、あと少しで逃げきりそうになる。でもけっきょくのところ相手は神で彼女は人間だったから逃げきることなどできなくて、娘はしだいに力が尽きてきて、このままでは追いつかれて神のものにされてしまうと悟り、父である川に助けてくださいと祈る。川は娘を助け、木に姿を変えてやる。娘の足からみるみる根が伸びていく。胴は固まり幹になる。口は塞《ふさ》がれ顔は苔《こけ》に覆われる。目もすっかり地衣に隠される。頭上たかく差しあげられた腕からは枝が勢いよく生い茂り、指の一本一本から無数の葉がさわさわと芽吹いていく。

　私はそのページに折り目をつける。それから明日の仕事の準備をして、いつものようにあなたに向かって、私はもう寝る、いいかげん電気を消させてくれないと寝不足になる、今すぐこっちに来てくれないんだったらもう別れる、と言う。

あなたがベッドに入ってくると、私はさっきのページを開いてあなたに本を渡す。あなたはそれを読む。あなたが喜んでいるのが見ていてわかる。もっと明るいところで見ようと私にもたれかかって、あなたはもう一度その話を読む。私はあなたの肩ごしに、自分のいちばん好きな箇所を読む――木の輝くような美しさ、そして神がなすすべもなく、枝を取って自分の体を飾ったというくだり。あなたはページにもとどおり折り目をつけ、本を閉じてベッド脇のキャビネットの上に置く。私は電気を消す。

私が眠ったことを確かめると――私はすやすや寝息をたててあなたにそう思いこませる――あなたは起き上がる。ドアがそっと閉まる音を聞き届けてから私もベッドを出て、服に着替え、階下に降りて、同じように裏口から出る。この最初の夜、私はもっと厚手の上着を着てこなかったことを後悔する。これからだんだん学ぶだろう。

木のある家に着くと、暗闇のなか、木の根元にいるあなたが見える。あなたは地面の上にあおむけに寝ている。眠っているように見える。

私は木の根元に行き、あなたの隣に身を横たえる。

天国

町の善人たちはベッドで眠っている。町の悪人たちはベッドで眠っている。観光客たちもベッド＆ブレックファストのベッドで眠っている、町の閑静な区域の、香り高きモミの生け垣に囲われた大きめの家で、一泊につき一人平均二十ないし三十ポンド、バストイレ付きならばそれより高く、ゲストハウスならもっと高く、ホテルともなるとさらにぐっと値段は釣り上がる。湖畔沿いの道は人も車も絶え、怪物は湖底のねぐらで深く眠り、山々と空はふたたび湖面に逆《さか》さの姿を映しはじめている。時刻は夜中の二時半、空にはすでに光。

もっとも光はその前にも完全に消えたわけではなかった。前夜の十一時から今日の二時にかけても、細い青の線は（真夏ではこれでも暗い色だ）町を取り巻く地平線に完全に没することはなく、口蹄疫《こうていえき》の流行もなんのその、いまやここは観光客の天国だ、のちに今年もっとも収益をあげた観光地として各紙で名前を挙げられることになるこの町、美しい風景、人情あふれる土地柄、澄んだ空気に加えてこの真夜中の光だ、平凡にして幽玄、光は光にしかできないやり方であたりを徘徊《はいかい》する、大きな獣のような図体と趾《あし》でもって野や一車線の道路や消毒され封鎖された森の上を押しとどめようもなく渉猟《しょうりょう》し、町はずれの一本の木の上や背後や周囲をも照らしだす。細い道の奥の泉のほとりに立つこの木はまだ観光客にもほとんど知られていないが、枝といい幹といい根元といい（そしてこの木だけでない、周囲何ヤードかの道沿いの木々の枝はすべて）、シャツ、外套《がいとう》、下着、スカート、カーテンその他ありとあらゆる布製品の切れ端、加えて靴下、帽子、ハンカチ、スカーフ等々をびっしり掛けられて重みで垂れ下がっている、それらはみな人々が願いが叶うようにと自分の肌にいちばん近いもの、自分やあるいは愛する誰かが身につけていたものの切れ端を裂いて、ここまで持ってきて枝にひっかけたものだ。

　森は無人だ。道に人影はない。裂かれた布の切れ端だけが不気味な木の葉のようにそよいでいる。そこから農地を越え入江を越えた先、町にあるのは目覚めた鳥たちの喧騒《けんそう》ばかりだ。鳥鳴きさわぐハイ・ストリートの突き当たり、警察によって設置され、内側から鍵をかければ外からはどうやっても開けることのできないコンクリートのボックスの中に一人の少年がうずくまっている、彼はクラブが閉まったあと見知らぬ男三人に追いかけられ、深夜の歩道を走り、立体駐車場や空っぽの夜の店々の前を過ぎ、歩行者天国エリアを駆け抜け、そうするあいだにも男たちはこの野郎ぶっ殺してやると叫びながら追いかけてきて、ボックスの周りに立ってしばらくドアを蹴ったり叩いたりガラス瓶らしきものを叩きつけて割ったりしていたが、やがてそれも静かになり、聞こえてくるのが鳥の声だけになると、ボックスの床にうずくまっていた少年はやっと体のふるえもおさまって眠りにつく。ボックスの中にはつねに光が灯《とも》っている。どんな破壊にも耐えるように作られた光だ。壁にはスクリーン、そして警察の管制室と映像または音声で会話できるボタンがついているが、そんなものを押すほど馬鹿ではない少年は、ただスクリーンの下の壁に背を丸めてもたれかかり、片方の腕を目にあてがって眠っている。

ボックスのドアの外の舗道《ほどう》にはガラスの破片が散らばって輝いている。町の上空では滑空する早起きのカモメたちの腹の下側が白く輝き、家々の屋根や教会の尖塔《せんとう》は輝き、そのはるか下では黒い川面《かわも》が輝いている。まだ三時にもなっていないが、光はすでに昼間のように明るく、真新しいスーパーマーケットと南北にかかる橋と病院と墓地の作る弓形にすっぽり収まった町を照らしている。

その墓地には言い伝えがあり、もう何十年も前のこと、二人の男が土曜の晩に墓石に寄りかかって飲んだくれていたが、ちょうど酒が底をついたころを見はからったように丘の中腹に扉が開き、中に入っていくとそこは天井の高い広間で、土を突き固めた高い壁のところどころにピートの松明《たいまつ》があかあかと燃え、大桶にはウイスキーやビールが満たされどれでもタダで飲み放題、二人の男は身なりのいい若くて陽気な人々と何度もグラスやマグを合わせてひと晩じゅう浮かれ騒ぎ、いいパブを見つけたのと立派な人々と友だちになれたのとですっかり気を良くしていたところに、何の前触れもなく芝土の大扉がふたたびばたんと開き、丘の外に放り出された二人は朝日を浴びて急に酔いもさめ、そういえば今日は日曜日、教会に行こうと町に向かった。ところが町はすっかり様変わりしていて、何もかもが真新しく、どっちを向いても見知らぬものばかり、そして二人の男が教会に着いて中央の通路を歩いていくと、会衆席を埋め尽くすのはこれも知らない顔ばかり、そして前の夜ベッドでぐっすり眠ったこの善男善女の目の前で、二人の男は頭からざらざらと崩れて、あとにはただ教会の石の床に灰の山が煙をあげているばかり、というわけでこの話の教訓は、土曜の夜にあまり夜中まで酒を飲んではならぬ、まして墓地で飲むなどもってのほか、ということだ。

さて二十一世紀の現代、多年草の夏葉がそよぐこの長老派教会の町の墓地で、ヴィクトリア時代やエドワード時代の天使像たちは散弾銃で穴だらけにされている。あるものは翼が半分に折れ、あるものは根元からちぎれ、芝生の上に石の破片が散らばっている。ある像では衣から慎ましやかにのぞく裸足の爪先のあたりに空の薬莢《やっきょう》が散乱し、台座の上に腰かけて聖杯を捧げ持つべつの像は鼻先を吹き飛ばされ、その下の芝生にもやはりたくさんの薬莢が散らばっている。あちらでは目玉を撃ち抜かれた天使、またこちらでは眉間《みけん》に一発くらった天使。

会社にとって幸いなことに、ニット帽で顔をすっぽり覆って目のところに穴をあけたその一行が店にやって来たその日、深夜シフトの責任者はキンバリー・マッキンリーだった。一部始終が有線の防犯カメラに録画されていた。先頭の一人は植木バサミを持ち、真ん中のはノコギリを、そしていちばん後ろの人物はリーフブロワー*らしきものを抱えて後ろにコードを引きずっているのが画面で確認できる。のちに警備担当のロッドに向かって彼がそのスティック部分を振りかざす段になると、もっとはっきりそれがリーフブロワーだとわかるわけだが、そんなもので彼がいったい何をするつもりだったのかは謎だ。とはいえそれが見るからに脅威を感じさせる行為であるのはまちがいなく、ことにいちばん危険な感じのする植木バサミの男はカウンターにまっすぐ近づいて飛び越えると、接客係のマイケル・カーディを壁に押しつけ、植木バサミを開いて刃を彼の首筋に当てて脅しつけた。

ごいっしょにポテトはいかがですか？　というのが、おそらくは極度の緊張からであろう、壁に押しつけられたマイケル・カーディの口から出た言葉だった。マイケル・カーディはすべてが終わったあとも顔面蒼白《そうはく》でふるえていたので、キンバリーは彼を早くに帰宅させた。きっとこれから先何週間かは病院でトラウマの治療を受けなければならないだろう、とキンバリーは思う。でもあたしはもしかしたら勲章か何かもらえるかもしれない。OBE《大英帝国四等勲士》とか。BCGとか。BBC衛星放送。いやちがう、きっとあたしが六十歳ぐらいになったときに『ハイランド・ニュース』の新年恒例〈人類に多大な貢献をした人リスト〉に名前と写真が載るんだ。そしてそれを読んだ人はみんな、あたしがそんな偉人になるずっと前、まだテスコ・ビレッジに入ってるハンバーガーショップでシフトの責任者をしていた時代に、自分が担当の日にはバイト連中がグリルの鉄板につばを吐くことも、マヨネーズの大容器に精液を入れることも絶対に許さなかったと知るだろう。もし今夜の責任者があの役立たずのケニー・ペイトンだったら話はぜんぜんちがっていたはずだ。それに今夜のことがなくたって、正直あいつが担当の日には絶対にあの店では何も食べないほうがいい。ケニー・ペイトンが担当の夜は、あいつもバイトの男の子たちもだらけて椅子に座ってるだけで、それというのもケニー・ペイトンは自分は特別だから好き勝手できると思ってる阿呆で、誰ひとりまともに働かせることができないからだ。

　そこにいくとキンバリー・マッキンリーは、前の日の担当が誰だろうと、ケニー・ペイトンだろうとなかろうと、必ず古いマヨネーズの大容器を捨てることにしている。どうせ本物のマヨネーズじゃないのだ。マヨネーズの原料のほかに防腐剤とか人工甘味料とかが入ってる。だから本物のマヨネーズよりチューブからつるっと出るし塗りやすい。調理器具にくっつきにくく掃除もしやすい。

＊落ち葉掃除用の送風マシーン。

彼女がシフトに入って最初にやることは決まっていて、もはや儀式と化している。まず古いマヨネーズの容器とバットの前日の油を外のごみ箱に捨て、ストックから新しいマヨネーズを出してきて封を開ける。こうすれば絶対にまちがいがない。以前はケニー・ペイトンのことを社に通報しようかと思ったこともあったが、密告は性に合わないのでべつの誰かに任せることにした。史上最低のシフト責任者。それは断じてあたしじゃない。あいつだ。あいつがシフトの日は、夜中の一時半に小腹が空いてもみんなガレージから車を出したりせずにおとなしく家にいるべきだ。どうしてもひもじかったらトーストでもかじっておくがいい。あいつが今日当番かどうかわかる電話サービスみたいなのがあればいいのに、そうすれば誰もテスコ・ビレッジくんだりまで車を走らせたあげく知らないうちに精液を食べさせられるような目にあわずにすむのに――というようなことを、朝の七時半に職場から家に向かって車を走らせながらキンバリー・マッキンリーは考えている。朝の光はまぶしくて彼女は目をしばたたく。店には窓がないので、ひと晩じゅう蛍光灯の下で働いていると外の様子はまるでわからない。雨が降ろうと雪が降ろうと、羊や豚が降ってこようと、外に出て自分の車の上に積もっているものを見るまでぜんぜん気がつかない。今朝は本当にすばらしい夏晴れだ、車は一発でエンジンがかかるし、今日はいちにち暑くなりそう、最高にいいお天気なのにあたしは家の中でずっと寝るしかないんだ、まあそれが人生、それが労働ってことなんだけど。

　給料はシフト責任者で週給税込み四二〇ポンド定昇あり。仕事はたいしてきつくない。真夜中にファストフードを食べたがるような人はそうたくさんはいない。でも〝南〟だともっとちがうんだろうなとキンバリーは思う。あっちには時間もお金もドブに捨てて胃腸もないがしろにする馬鹿な人たちがもっと多そう。自分だったら絶対にお断りだ。たまに頭のおかしい人は来るけれど、さいわい頭のおかしい人はたいてい車を持ってないし、歩いてはるばるテスコ・ビレッジまで来る根性もない。みじめな人や孤独な人はよく来る、こういう人を扱うにはコツがいる。冬はヤク中がトイレに入ってこないように見張っていないといけないけれど、それも夏にはぐっと減る。あとは酔っぱらいとか、とっくに家でおねんねしてなきゃいけないような騒がしい中学生とか、ネッキングしてるか喧嘩しているカップル、男とここで待ち合わせてテスコの駐車場で日銭を稼ぐ売春婦。ほかに居場所のないゲイの男たちも。こういうのはみんな追い出す。暇を持て余しているタクシー運転手。タクシー運転手とだったら結婚してもいいな、そういう職業の人だったらお互い気兼ねがなさそう。それからテスコが週三日、夜も開いている日に来る人たち。ごくたまに、明け方四時に子供連れでやって来て、朝食メニューをあれもこれも頼む家族もいる。でもたいていはすごくヒマだ。シネコンで映画が終わった後にどっとひと波あり、パブのあとで運転しちゃいけない人たちでまたひと波あるが、それが過ぎればあとはえんえん閑古《かんこ》鳥《どり》だ。

　だからといって仕事が全然ないわけではない、まずはやるべき掃除がある。最初にキンバリーがこの店の深夜シフトになったときには、倉庫から厨房からフードエリアからレジから客席まで掃除してまわり、座席も一つひとつ拭き掃除した、ことに例の怪物の背中と頭の形を模した椅子は、プラスチックのくぼんだ部分に食べ物のかすが詰まっていて、最初の晩に彼女は怪物の目玉や尻尾のとげとげの隙間をこそげてきれいにしたのだった。ハンバーガーショップなんて国じゅうどこも変わりばえがしないなかで、怪物の椅子があるこの店は幸運だ。当時のシフト責任者はトニーといって、今はロンドンの本社で何か重要な役職についているけれど、そのトニーが彼女の働きぶりに目を留めた。天井近くのディスプレイがいつも食べ物のかけらや小さな虫の死骸や綿ぼこりや砂粒や、エアコンの吹き出し口から出てくるそういうものにまみれていたのを彼女がきれいにしたのだ。小気味がいいので今も好きな仕事だが、それをトニーが見ていてくれて、彼女を自分の後任に取り立ててくれた。女性が深夜シフトの責任者になるのはその会社ではほぼ前例がなく、だから彼女はテストケースだった。もしかしたら彼女もトニーみたいにここを足がかりにさらにいい仕事に就《つ》けるかもしれないけれど、こればかりはどうなるか会社の誰にもわからないし、だから口に出しては言わない。それにどうせあっちに行くなんてことはまずあり得ない、百パーセントない、だってあっちの仕事はすごく重要だろうから。

　その子を放しなさい、奥の倉庫から飛び出してきて店内で起こっていることを見たキンバリー・マッキンリーは植木バサミの男に向かって大声で叫んだ、自分では覚えていないけれど、あのダラスっていうバイトの子からあとで聞いた話では、怒ったライオンみたいに吠えたらしい、なんて不潔なハサミなの、そんなものをフードエリアに持ちこまないでよ、それに壁にちょっとでも傷をつけたら承知しないよ、その錆《さび》だらけのハサミでその子がケガして破傷風にでもなったらどうすんのよ。信じられない、自分がライオンみたいに吠えただなんて。ライオンは子供のころにバハト公園のサーカスで見たことがある、リングの客席の足元をぐるっと一周する透明なチューブの中を、何頭かのライオンが揉み合いながらぐるぐる走っていた。キンバリーはまっすぐな道路を町へ向けて車を走らせる。左右ともバイザーをおろして左手でまぶしい光をさえぎりながら、顔が憤怒の形《ぎょう》にゆがむのがわかる。あたしは若い、ありったけのスピードで車を走らせていて、どんなことにも対処できるし、その気になれば本気で怒ることだってできる。対向車線から近づいてくる車とすれ違う一瞬に車の中に見える顔、あまりにスピードが速すぎてちらりとしかわからない見知らぬ人たちの顔を見るたびに、あの車に乗っている人たちがもしゆうべのできごとを知ったらどう思うだろうと彼女は考え、あの人たちが知ることは永遠にないのだと思うと、それはそれでちょっと愉快な気分になる。

　強盗を働こうと店に入ってきた彼らに向かい、キンバリーは腕組みをして（自分ではぜんぜん覚えていなかったけれど）レジの前に立ちはだかった。金をよこせと彼らは言った。ここのお金はビタ一文渡さない、と彼女は言った。あんたたちがここで手に入れられるのはメニューに書いてあるものだけ、それも欲しければちゃんとお金を払いなさい。それにもう一度だけ言うけどその園芸道具をここからどけてちょうだい、大腸菌まみれかもしれないし、当店では園芸道具の持ちこみは禁止されてます、もしここで食事したいんならまずそれをドアの外に置いてきてよね。

　三人は目のところに穴をあけた毛糸の帽子を顔にすっぽりかぶせていたからどこの誰だかわかりようがなかったが、彼女がそう言うのを聞いて、一人がついうっかりという感じで毛糸の奥で笑い声をたてた。それはノコギリを持っていた奴で、彼が片腕を下におろしたときに彼女がもう一方の腕に目をやると、腕の先についていたのは義手つまり作り物の手で、それで誰だかわかった。キンマイリーズのジェイソン・ロバートソン、バイクの事故で片腕を失って顔も火傷を負った、五年前まで高校でいっしょだったから覚えている、あの事故いらい彼のことを知らない人はいなかった。あなたジェイソン・ロバートソンじゃない？　と彼女が言うと、植木バサミの奴がチッと舌打ちし、リーフブロワーを持ってドアのところに待機していた一人はリーフブロワーを放り出し、だから上着で隠しとけっつったんだよ、と言った。ということは二人のうちのどっちかはたぶんリッチ・リアクだ、ジェイソンといつもつるんでた子、そして植木バサミのほうに何となく見覚えがあったから、そうだ、あの穴あき帽の下の顔はきっとリッチにちがいない、と彼女は思った。ただドアのところにいた三人めが誰だったのかはけっきょく最後までわからなかった、仲間からはケヴィンと呼ばれていたけれど、もしかしたらギャヴィンだったのかもしれない。リッチもたしか正しくはリッチじゃなくて本当の名前はゴードン・リアク、運河の向こう岸にある家のどれかに住んでいた。高校のころはサッカーがうまかった。リッチは片手に持った植木バサミでまだマイケル・カーディを壁に押しつけていたが、もう一方の手で帽子を鼻の上あたりまで上げて、煙草の箱から直接口で一本くわえた。

ちょっとここ禁煙よ、とキンバリーが言った。

リッチ・リアクは口を開いてうるせえ、と言った拍子に煙草を下に落とした。それでもうマイケル・カーディを壁に押さえつけておくことはできなくなって、落とした煙草に手を伸ばした。ジェイソン・ロバートソンがキンバリーをじっと見ていた。毛糸の奥の彼の目が見えた。

おれはジェイソン・ロバートソンじゃない、と彼は言った。

高校でいっしょだったよね、とキンバリーが言うと、彼の目が彼女の名札を確かめるのがわかった。

キンバリー・マッキンリー、と彼は言った。

クラスはちがったからそっちは覚えてないでしょうけど、と彼女は言った。

おれはジェイソン・ロバートソンじゃない、と彼はまた言った。

警備員が来るぞジェイソン、ケヴィンまたはギャヴィンと呼ばれていたのが言った。

キンバリー・マッキンリーは眉を上げてみせた。ジェイソン・ロバートソンは天井をあおいだ。

ケヴィンまたはギャヴィンはドアの脇に立って、誰か入ってきたらぶん殴ってやるというようにリーフブロワーを頭の上に構えた。

あの警備員さんはロッドさんっていって、とキンバリーはジェイソン・ロバートソンに言った。もう六十ちかくて奥さんが病気なの。それにあんたたち全員、防犯カメラに映ってるわよ。

ぎざぎざにくり抜いた毛糸の奥深くのジェイソン・ロバートソンは、目だけで顔がないみたいに見えた。

車のナンバーには茶色のガムテ貼ってある、と彼は言った。前も後ろも。だから絶対誰にもわからないね。

それはつまり彼女が誰にも言わなければ、という意味だ。

うちの従業員の首からハサミをどけるようにあの人に言ってよ、とキンバリーは言った。彼の目をまっすぐ見た。まばたき一つせずに。

手が自分の手じゃないって、本物の手じゃない手がついてるって、どんな感じだろう。自分の本当の手だったものがもうないのだ。職場から家に向かって車を走らせながら、キンバリーは自分の手がギアをチェンジするのを見る。自分はごく自然に手でそれをやっている、ギアのチェンジ。ほとんど意識すらしていない。きれいにマニキュアを塗った手。最近ではもうすっかり店の責任者の手だ。彼女は手をひっくり返して手のひらを上に向け、ちょっとそれを見てからまた道に目をもどす。もし自分が彼だったら、これがなくなってしまっていたのだ。感情線も頭脳線も生命線も知りつくしているこの手。右は現実の手、つまり現在のその人の人生のありさまを示す手で、左は可能性の手、その人がもって生まれた才能を示す手だ、そう本で読んだことがある。でもその線もぜんぶなくなって、罠にかかったキツネやウサギみたいに手ごとどこかに置いてきてしまうのだ。いや罠よりもっとずっとひどい。だって猛スピードでバイクから放り出されて地面か何かに激突して、それは腕が一瞬でだめになるくらいの衝撃で、なのにアドレナリンのせいで何も感じなくて、知らないうちに病院に運ばれるのだ。それとも腕があんまりひどく焼け焦げていて切るしかなくなったのだろうか。わからない。わかっているのは彼がバイクに乗っていて、向こうから角を曲がってきた車か何かを避けようとして、大きく蛇行した拍子に何かにぶつかってバイクが炎上したということ、そして病院で顔も手術したということ。彼が事故の前どんな顔だったかは思い出せない。明るい色の髪をしていた。事故のあと学校をやめてしまった。そのあと一度、彼女がパブにいたら彼もそこにいた。彼女はそっちのほうを一度も見なかった。そして家に帰って寝床に入ってから暗闇のなかで自分を恥じた。一度もそっちを見なかったことを。

前後に車は一台もいなかったが、それでも左にウィンカーを出す。

そこに老警備員のロッドがやって来た。彼は店の真ん中に立ち、たったいま目を覚ましたみたいに、穴あきのニット帽をかぶった男の子たちを見つめた。ロッドは年をとりすぎて見えた。店内の色調のせいで、いつもそう見えるのだ。

大丈夫、何の問題もない、とキンバリーは彼に言った。

モニターで様子がおかしかったのでね、と彼は言った。彼はキンバリーに向かってだけ言った。

連中が頭にかぶってる、ありゃなんだ？

キンバリーは肩をすくめた。さあ、こっちが聞きたいわ。

ファッションっすよ、とジェイソン・ロバートソンが言った。

この人たち中古の園芸用品をあたしに売りに来たのよ、と彼女は言った。でももう帰るところ。マイケルがいま注文をうかがってるの。ね、マイケル？

こいつ床にゲロ吐いてます、とダラスが言った。

モップもってきて片づけて、とキンバリーはダラスに言った。彼女はもう一つのレジに入って自分のコード番号を打ちこんだ。レジに電気がついた。で、みなさんご注文はなんでしたっけ？と彼女が言うと、三人はニット帽をかぶったまま振り向いて顔を上げ、彼女の頭上にあるメニューを見た。

バックの得意なキンバリーは狭いスペースに車を後ろ向きに一発で入れ、エンジンを切る。それからシートにもたれかかる。自分の家の正面を見る。妹たちは中で眠っているだろう、一人は奥の部屋、もう一人は手前がわの部屋で。あのカーテンそろそろ洗ったほうがいい。今夜また店にもどる前に忘れずに洗おう。彼女は車のハンドルに頭をのせる。

お座りください、注文を取りおえると彼女は言った。いまお持ちします。

リッチ・リアクはとうとう帽子をぬぎ、もう一人もぬいだ。二人とも顔が真っ赤で汗をかいていた。もう一人のほうの小鼻の脇に毛糸くずがくっついていた。やっぱりこの人のことは知らない、と彼女は思った。ずいぶん年をとったリッチ・リアクを久しぶりに見るのは妙な気分だった。顔を見たら思い出した。ジェイソン・ロバートソンは帽子をぬがなかった。彼はカウンターのところに残って、テーブルに食べ物を運ぶのを手伝った。リッチは貧乏だ。リッチには借金があって、でもどうしても金が要る、なぜかというとロッカーディル・ホテルでバーテンをしてる女と浮気したのが女房にバレていま夫婦の危機で、だから女房を旅行に連れていかなきゃならないんだ、とジェイソン・ロバートソンはキンバリーに言った。ケヴィンまたはギャヴィンと呼ばれているほうは、前は石油の掘削《くつさく》現場で働いていたがいまは失業している。彼は耳をぴたっと寝かせる手術をするために金が要る、本人いわく自分の耳は横に張り出しすぎていて、そのせいで人生が何もかもうまくいかないというのだが、キンバリーが見たかぎりでは特別変な耳ではなかった、まあたしかにちょっと出っぱっているかもしれないけれど、ものすごく出っぱっているわけではなかった。彼は警備員のロッドが帰りぎわにリーフブロワーを十五ポンドで買ってくれたのでものすごくうれしそうだった。ただしジェイソンによると十五ポンドでは焼け石に水で、その手術を自己負担でやろうと思ったら巨額の金がかかるのだそうだ。キンバリーは、で、あんたは何が欲しいのとジェイソン・ロバートソンに訊《き》いた。おれは何も欲しくない、ここの食い物はきらいだ、と彼は答えた。キンバリーは笑った。防犯カメラは二十四時間ずっと録画してんのか？　と彼は訊いた。

　おれたちはここの会社が全部のハンバーガー店に使ってる設計図をつかんでる、と彼は言った。国じゅうどこの店も全部同じ作りなんだ。彼はカウンターごしに、金庫の場所を教えろとキンバリーに言った。そしたら次の店ではまっすぐそこに行くからさ。奥の倉庫、とキンバリーは言って、目でそっちのほうを指した。

　キンバリー・マッキンリーがいま欲しいものは新しい車だ。こんな役立たずの車に毎月毎月大金を払いたくない。晴れてる日じゃないとエンジンがかからないなんて、そんなんじゃ意味がない。それから休暇が欲しい。太陽をたっぷり浴びたい。一度でいいから暗い時間に眠りたい。エアコンの中で食べ物のかけらがぐるぐる回ってるなんてことを知らずにいたい。これまでの四年間を返してほしい。この九月から大学に行ってメディア論を勉強する身分に自分もなりたい、それが何なのかはさっぱりわからないけれど。もういちど十二歳にもどりたい、十二歳になって何も考えず、今日みたいな夏の日にハンバーガーショップに行って何か注文したい。これから車を降りて入っていく家で誰でもいいから誰かに起きていてほしい。倒れこむベッドを誰かがきちんと整えていてほしい、でもきっと前日の夕方に起きたときのままなんだろう。あたしだってほかのみんなが欲しがるものが欲しい。そしてそれより何より一番の望みはみんなに知ってほしいってこと、はしたないから自分からは言いたくないけれど、何とかしてみんなにわかってほしい、ほかの人とちがってあたしがシフトに入っているときにはツバ吐きも精液も絶対にない、このキンバリー・マッキンリー相手にふざけた真似をしたらタダじゃ済まされないってことを。

彼女は三人がロッドの十五ポンドの中から出した代金を受け取り、お釣りを渡すと、三人は帰っていった。それから彼女はマイケル・カーディをタクシーで帰宅させた。

キンバリーさんすごかったっすよ、とダラスは言った。どっからともなくすっ飛んで来てライオンみたいに吠えてましたもん、そう言った。あたしのフードエリアにそんな不潔なハサミを持ちこまないでよ、この店は園芸道具は持ちこみ禁止ですってどなってましたよ。ちょっとでも壁に傷つけたり、マイケル・カーディに破傷風をうつしたり、うちのスタッフを傷つけたりしたらただじゃおかないからって。いやマジすごかった。

それに言っとくけどね、そうキンバリー・マッキンリーは吠えたのだ、ゆうべの深夜、テスコ・ビレッジのハンバーガーショップで。いいことこのクズども、と彼女は吠えた。そのへんのものに指一本でも触ったり、クシャミしたり、うちのスタッフにバイ菌一個でもつけてごらん、あんたら全員地獄を見るから。

車のキーを抜いてドアを開けると、もう日差しが背中に熱い。あのダラスっていう子のことはよく知らない。いつもはペイトンのシフトに入ってるのだ。彼はいい。よく働く。本社の地区担当に自分のシフトに移してもらうよう頼んでみようか。うまく頼めば、きっと希望は通るだろう。

玄関までの細い径《みち》を歩きながら、彼女は片方の手を後ろにまわしたまま、もう片方の手で車のキーを高く放り上げ、落ちてきたところをキャッチする。


こんなすばらしいお天気だというのに、〝クルーズ・アシスタント〟のジェマは、船から下りた乗客がまたもどってくるまでの待ち時間のあいだずっと下の階にくすぶってなきゃならない。たった二人の糞《ファッカー》ったれどもからポテチ四箱と棚半分のウイスキーのミニチュアボトルを守るために。一年でいちばん日照時間の長い、いちばん天気のいいこんな日に。

今日のこの暑さで、足元の床も乾いている。この床が乾いてたことなんて一度もない。こんなに暑かったことも一度もない。熱射病になりかねないほどのお天気だっていうのに、あたしはお預けをくってる。そりゃ今日の景色はさぞやすばらしいだろう。あたしだってここの景色を愛してることになってる。じっさい愛してるし。そうでなきゃスコットランド人じゃない。ここの景色を誇りに思ってることになってる。そうでなきゃスコットランド人じゃない。きっとあの人たちは景色をビデオで撮るだろう。そうでなきゃ糞ったれじゃない。あの人たちは景色を背景に自分たちの写真を撮るだろう。そうしないと自分が生きてるってわからないのかもしれない。カメラのレンズ越しに自分の居場所を見ていないと、死んでいるか、どこにもいないか、裸にでもなった気がするのかもしれない。みんな水面をビデオで撮る。水の中から何かが現れて、自分がそれの撮影者になることを期待して。手すりから身を乗り出し、ボートが突き進んでいく湖面をビデオで撮る。ありきたりのどうでもいいものを片っ端から撮る。湖沿いの道を走る車を撮る。両岸に生えている木々を撮る。船で湖を渡るあいだの一部始終をうれしそうに撮る。城は名所だからもちろん撮る。そして向こうから来るほかの会社のクルーズ船に乗ったおおぜいの糞ったれどもが自分たちを撮っているところを撮る。糞ったれどものなかにはジェマを撮りたがるのが毎回一人はいる。雨が降ればもっと増える。そんな日にはみんな下の階にひしめきあい、アノラックのジッパーをきっちり閉めて寒さにふるえ、船に揺られて気分が悪くなりながらも窓をたたく雨粒を撮り、バーカウンターの中にこうして立ってる彼女を撮る。

　けれども今日は、定員百三十九名のほぼ全員が（ドイツ語で頭が痛いとくどくど訴えつづけている女の人と、本を読んでいる外国人の若女子の二人を除いて）クルーズのあいだじゅうずっとデッキの上に出て、ときおり下に降りてきては行列をつくる。みんな明るい日差しの中から急に暗いところに来てくらくらとなり、壁に手をついて体を支え、目が見えないまま床にネジで固定したベンチにぶつかり、目を細めて彼女の頭上にあるメニューと手元のお金を交互に見くらべながら、今日は本当にいい天気で、などと話しあう。じっさい今日のお天気は最高だ、ジェマも出航したあとしばらくはデッキに上がってぎりぎりまでお日さまを浴びていたけれど、やがてアンディのアナウンスが――みなさまおはようございます、こちら当ボニー・プリンス号の船長アンディです。本日はカレドニア運河およびネス湖周遊クルーズの旅にお越しいただき、まことにありがとうございます。ここは世界でもっとも美しい水路と言われており、数々の絶景ポイントに加え、かのネッシーの住処としても知られていて――はは〝船長〟ね、まじウケる、ほんとは泳げないくせに、もし緊急事態が起こったらどうするつもりなんだろ――そのアンディのアナウンスが聞こえたのでようやく下に降りていってバーを開けたけれども、その前にいくらかお日さまを浴び、おまけにチップも二十ポンド稼いだ。大学はお金がかかるでしょ、とその客は言った。年寄りの女の人だった。山なみに目をやって、わたしの家族も以前このあたりに住んでいたのよ、と言った。きれいねえ、国のなまりでそう言った。寂しそうな、迷子みたいな顔をして。それからジェマの手にお金をぎゅっと握らせた。彼女の夫がソニーのハンディカムを構えた。夫も年寄りだった。カナダから来た老人ふたりに一、二分愛想をふりまいたことと引き換えの二十ポンド。そんなお金欲しくなかった。でも向こうがそうしたがっていたので受け取った。いつだって彼女は糞ったれどもの望みをかなえてやる。それが仕事だから。交通ルールで歩行者を優先させなきゃならないのといっしょだ。どうせあと三か月でここを出ていくのだ。週にすればたったの十二週半。いやそんなにもない、正確にはあと十週半でここともおさらばだ。十週半なんてすぐだ。感じよくするのも苦にならない。この人たちは遊びで来ているのだ。ああいう写真がみんなフェイクだってことも、あのいちばん有名な写真、水面から首と頭が突き出ているやつがじつは新聞社のでっち上げで、みんな何十年もまんまとだまされていたってことも、誰も気にしちゃいないのだ。

もちろんいますとも。もちろん信じてます。信じてなければスコットランド人じゃありませんもの。

いえいえ、今までに地元の人が何百人も目撃してるんです。歴史をさかのぼっても何百人といます。聖人で見た人もいるんです。まさか聖人が嘘《うそ》をついたりしませんでしょう?

そうですね、彼女とっても恥ずかしがり屋さんで。でも注意して見ていたら、ひょっとしてひょっとするかもしれませんよ。

わたしはまだ一度もないんですけど、でも先のことはわかりませんものね！

はい、ここはミステリアスな土地なので、何があっても不思議はありません。

ええ、もちろん喜んで。もう回ってます？　いいですか？　ようこそハイランド地方へ、そしてハイランド・クルーズ社の誇る当ボニー・プリンス号へ。ここはかの怪物のふるさとネス湖、そして本日は七月の二十一日、木曜日です。これでいいですか？　ジェマです。マッキンリー。マッキンリー、です。はい、何を隠そうそうなんです。マッキンリーはあのブキャナン家と縁続きで、ブキャナンはスコットランドの歴史上もっとも古い氏族《クラン》と言われています。ええっと、はいもちろん、たしか黄色っぽい赤で、青と緑もちょっと入っていたと思います。はい！　いえ、夏休みのアルバイトです。大学の。あはは、まあたしかにそういうのもありますね、わたしが勉強するのはそれとはちがうんですけど、ずーっと湖のことを研究している人たちもいるようです。ここの湖底のうんと底のほう、ものすごく水深が深いんですけど、そのいちばん底のところの泥の中には線虫がたくさんいて、世界的に見ても、それから線虫の歴史的にもほかに例がないくらいたくさんいるんだそうです。線虫《ネマトード》、です。ああっと、どうでしたっけ。n-e-m-a-t-o-d-e-s、かな？　はは、たぶんそんな感じです！　いえとんでもない！　ごきげんよう！　ジェマです。G-e-m-m-a。エマの前にGがつく感じですね。いえいえそんな、いけません、受け取るわけには……はあ、そうですか？　ではお言葉に甘えて。ご親切にありがとうございます。なんとお礼申していいか。いえとんでもない。ではよい旅を。いってらっしゃいませ。お気をつけて。

もちろんいますとも。まちがいなくいます。ここはとてもミステリアスな土地ですから。いろんな人たち、科学者とかも、超音波探知機に何か正体不明の物体が映るのを何度も見てるんです。あ、はい、階段降りていただいて下の階です。各種あたたかい軽食やちょっとしたお菓子、それからバーではお酒も販売しております。

いえ、わたしはまだ一度も。でも先のことはわかりませんでしょ？

もちろん信じてます。もちろんいますとも。いえ、わたしはまだないんですが、きっと彼女はいますし、ひょっとしたら今日がその日かもしれませんよ。こんなにすばらしいお天気ですもの。

すばらしいお天気。なのにあたしは乗客たちがチケットにタダでついてくる城ツアーからもどってくるまでの四時間、この船のバーの中に閉じこもってなきゃならない。ハイランド・クルーズ社はバスに乗りたくない馬鹿な糞ったれどもからさらに十五ポンド取って帰りの船にも乗せるけれども、ソフトドリンクはすべて売り切れ、昼食どきだというのに食べ物はもうポテチしか残ってなくて、あたしはこの中に閉じこめられて、運河橋に着くまでのあいだずっとクレームを受けつづけなきゃならない。

ドイツ人の女性客はベンチに仰向《あおむ》けに寝て目を閉じている。なぜドイツ人だとわかったかというと、この人が頭をかかえて階段を降りてきたときドイツ語をしゃべっていたのと、持っているネス湖のパンフレットが（今は床に落ちてる、あとで床に散らばったほかのものといっしょにあたしが片づけなきゃならない）ドイツ語のだったからだ。ドアの近くで本を読んでいる若女子はドイツ人じゃない、何人《なにじん》なのかよくわからない。高価そうな服を着て顔もかわいい、かわいいというかシュッとした感じ、髪も目も黒で、いかにもヨーロッパふう、どこか自分の知らない、一年じゅう温暖なところの人って感じがする。湖にも木々にもお城にも怪物にも何にも一ミリの興味もないらしくて、出航してからずっとこの階下で独りで本を読んでる。後ろから逆向きに読んでるみたいに見える。たぶんあたしと変わらないぐらいの歳。ねえあなたさ、クルーズで見られるものを見る気もないのに、どうしてわざわざチケット買ってこの船に乗ったの？　ハイランド史上まれにみるお天気の日にわざわざ好きこのんで暗がりで本を読むのがどれだけ特権的なことかなんて、この人はこれっぽっちも気に留めていない。おかげでこっちがあと四時間、そのすばらしいお天気からお預けをくらって暗がりに閉じこめられて、コーラは今朝ドックガーロックを出たあたりではやばやと売り切れ、ミネラルウォーターも売り切れちゃって（糞ったれどもは本当によく水を買う）しんそこ気が滅入っていても、そんなことにはおかまいなしだ。

　でもあと十週半後には、あたしはもう〝イメージの重要性とそれらが現代文化に与える影響〟（と学校の案内書には書いてあった）について勉強しているのだ。生まれてから二度しか行ったことのない大きな都会に住んでいるのだ。そこではあたしが誰かなんて誰も知らない。あたしが何をしようと誰も気にしない。郷土の誇りの（誇りに思わないんだったらスコットランド人じゃない）美しい景色からも、この船からも、美しくて退屈な木々からも、美しくて退屈な湖面をながめるために行列つくってどこかからやって来る人たちからも遠く離れて。もうあたしにお日さまを浴びていい時といけない時を指図する人もいないし、あたしが会社の備品室に入るたびに自分も何か取るふりをして後ろからついてきて、あたしが会社のものをくすねるんじゃないかと目を光らせる人も、この船の持ち主が誰であたしの給料を誰が払っているかをふた言めには言う人もいない。今日みたいにすばらしいお天気の日には、授業のあと家に帰るのも自由だし、新しい場所でできる新しいことを何だってやれる。もう誰かの面倒を見る必要もないし、誰かのことをつねに心配して見張ってる必要もない。きのう仕事からの帰り道に、近所のおばさん、この人は姪が学校の先生をしているのだけれど、そのおばさんにこっそり呼び止められて、ジャスミンが学校で、友だちだけでなく生活指導の先生にまで、自分たちの両親は水死したと言ってまわっていることを知らされた。モーターボートの事故ってことらしい。ゆうべ家に帰るとジャスミンはいなかった。真夜中を過ぎても帰ってこなかったし、朝はキンバリーはまだ眠ってた。あと十週半すれば、十二歳の女の子が真夜中すぎまでいったいどこをほっつき歩いているのか気を揉《も》むのはキンバリーの役目になるのだ。だってそのころにはあたしはここではないどこか遠い場所にいて、イメージの意味とその重要性について勉強しているんだから。

　でも、もしも本当に両親の乗ったモーターボートがひっくり返って、二人が手足をばたつかせながら水の上をふっとんでいって暗い水底に沈んでいったんだとしたら。それってけっこう素敵かも。ジャスミンあんたなかなかセンスあるわ。それならすくなくともあの二人がどこにいるかはわかる。湖を見て、二人はここで死んだんだわと思うこともできる。それならすくなくとも両親は死んでいるわけで、そのほうが、二人ともそれぞれどこかべつの場所で普通に生きてて、それぞれべつのセックスの相手と暮らしてるっていうのよりよっぽどいい。ジェマは想像してみる。両親が一張羅《いっちょうら》の軽いよそゆきの服を着て、糞ったれどもみたいに手にカメラを持っている。二人はモーターボートの、安全であるはずのフロントガラスごしに、猛スピードで近づいてくる未来をビデオに収めている。モーターボートは舳先《へさき》をもちあげて湖面を突っ切っていく、と、急ハンドルを切りすぎた拍子に舳先は天高く跳ねあがり、そしてオムレツのようにひっくり返る、あるいはパンケーキのように。母親のことでジェマが覚えていることの一つがそれだった、ジェマたちが学校から帰ってきたら母親がパンケーキを焼いてくれた、その日は春先の火曜日で、みんながパンケーキを食べることになっている日だった。ジェマは空想の中で二人を昔の結婚式の写真みたいにぎこちなく並んでひとつところに立たせてみる。服はもう古くなってしまっているけれど別にかまわない、その場所は二人を乗せたまま猛スピードで驀進《ばくしん》する、ガソリンの燃焼とエンジンの振動、刻々と迫る転覆の時。うん、いい感じ。そして二人は高々と放り出される、手やら足やらばたつかせて、父はシルバーの腕時計の畝《うね》を毛深い手首で光らせ、母は急に水の中に入るなんて髪の毛どうしましょうとパニックになり、もし誰かがそこでボタンを押せば、二人はビデオの一時停止みたいに水の中に消える一瞬手前で静止する。そしてジェマたち姉妹は遠くでテーブルに座ってパンケーキを食べながら、それが起こらなかったところをテレビで観る。パンケーキには砂糖とレモンが添えてあった、レモンは当時高級品で家ではめったに食卓にのぼらなかった、ジャスミンはそのころはまだ赤ちゃんで、ジェマもほんの子供だったから、半分に切ったレモンは手の中でものすごく大きかった。

頭の中で誰かが水がどうのこうのと言っている。

ジェマは目をしばたたく。すみませんちょっとぼんやりしてて、そう言う。

本を読んでいた例の若女子が、バーカウンターごしに彼女の真正面に立っている。

失礼しました、ちょっと考え事を、とジェマは言う。何にしましょう?

水を、と彼女は言う。あそこの女の人に。何か飲ませてあげないとまずいと思う。

申し訳ありません、とクルーズ・アシスタントのジェマは言う。水はすべて売り切れております。そちらのドリンクメニューの中からでしたらお作りできますが。

彼女は顔をしかめ、笑い、首を振る。

わたしが水を買いたいんじゃないの。あそこの女の人に水をあげてほしいの。ひどく具合が悪そうだから。

申し訳ありません、とクルーズ・アシスタントのジェマは言う。水を差し上げることは規則でできないんです。ボトル入りの水を買っていただく形になりますが、すべて売り切れとなっております。こちらのメニューの中からお選びいただけますか。

そう言ってジェマはバーの横の壁にかけてある枠の中のメニューを手で示す。

水をあげることが規則でできないの？　と若女子は言う。そしてクルーズ・アシスタントのジェマの目をじっと見る。

二人の足の下で船がかすかに揺れる。

ええ、とジェマは言う。

あそこの席にいる女の人、見える？　と彼女は言う。ひどい脱水症状なの。何か飲ませてあげないとまずいと思う。ふつうの水道水とかはないの？　あるんでしょ？　だってコーヒーとか紅茶はどうやって淹《い》れるの？

しゃべり方はぜんぜん外国人っぽくない、いかにもスコットランド人だ。でも見た目がスコットランド人っぽくないし、カウンターにのせた手の中の本には見たことのない文字が書いてある。その何語かわからない、やたら尾ひれや巻きひげのついた字を見ているうちに、ジェマは胸がむかむかしてくる。ずっと前にもこんな気分になったことがあった、友だちとキャッスル・ストリートのバプテスト教会に行ったら、会衆席の人たちがてんでに好きなときに立ち上がって神がどうのこうのと叫んでて、まるで狂人みたいだった。

彼女はゆっくり、言葉を区切るような話し方をする。まるであたしを白痴だと思ってるみたいに。糞ったれ。

申し訳ありませんお客さま、とジェマは言う。水道水はふつうに飲む用には差し上げられないことになっております。ドリンク類を作るためのものなので。

どうしてふつうに飲む用には使えないわけ？　と彼女は言う。

いずれにせよもうバーは閉まってますので、とジェマは言う。

彼女は今の言葉がよく聞き取れなかったというようにジェマを見る。バーが何って？　と言う。

お客さまが下船していらっしゃるあいだはバーは閉めることになっています。そういう決まりになっているので。

彼女は鼻を鳴らす。

酒類販売の法律で決められているんです、とジェマは言う。

でも、さっきあなたドリンクメニューから注文できるって言ったわよね、と彼女は言う。じゃあ十秒前には開いてたけど、いまは閉まってるっていうの？

申し訳ありません、とジェマは言う。

彼女はジェマの目をまっすぐ見たままぐっと身を乗り出す。近くで見るとはっきりと肌の色が浅黒いが、発音はやはり完璧にグラスゴーだ。ジェマは一歩後ろに下がる。

あのね、と彼女は言う。人間が脱水症状を起こすとどうなるか知ってる？

彼女が血液とか目眩《めまい》とか脳卒中とか病院とかについて話すあいだ、ジェマは相手の目をまっすぐ見つめ返し、顔はあくまでにこやかに保ちながら、頭のなかで一つの単語を何度も繰り返す。糞ったれ糞ったれ糞ったれ糞ったれ糞ったれ。何なのよこの人たちは、よそからやって来て、ただお金出してチケット買ったってだけで他人に指図する権利があると思ってるこの糞ったれどもは？　よそからわざわざやって来て、このきれいな景色を見ようともしない。興味のあるそぶりもしない。妙ちきりんな外国語の本なんか読んで。自分は特別だから好き勝手する権利があると思ってる。ジェマは口をゆがめて笑いそうになるのを何とかこらえ、拝聴のそぶりでにこやかに相槌を打つ。相手が話しおえると、ジェマはとびきり感じのいい笑顔を向け、頭の上に両手をやって、バーと客席を隔てる鉄のシャッターをがらがらと下ろして南京錠《なんきんじょう》をしっかりとかける。

　シャッターの向こうで、ちょっと信じらんない、という声がする。シャッターをがしゃがしゃ何度か叩く音がして、ジェマはびくっとする。ふいにぞくぞくするような歓喜が体の奥からわきあがる。自分の中に隠れていた見知らぬ誰かが皮膚を突き破って出てきたみたいだ。ジェマは自分の体を両腕で抱く。心臓が狂ったように鳴っている。あの外人娘、苦情を言いたきゃ言えばいい。どうせ十週半後にはあたしはここから出ていくんだ。

　朝のてんてこ舞いの名残で、床には破った段ボールや打ち捨てられたビニールが散乱していた。隅のゴミ箱からはゴミがあふれている。あいつらを最初に糞ったれと呼んだのは誰だったんだろう。わからない。船の上でも会社の事務所でも、みんながそう呼んでいる。毎朝、乗船を待つ彼らの列が大通りまで延びる。派手な服にサングラスをかけ、てんでに役に立たない持ち物を抱えて。あの期待に満ちた目。散歩の時間を待つ犬みたいな。

　シャッターを下ろしてしまうと、ここにはほとんど光が入らない。一つきりの窓は小さいうえに冷蔵庫でふさがれている。隙間からわずかにのぞく陽光のなか、お城が上下に揺れているのが見える。狭くてほとんど身動きがとれず、コーヒー紅茶用の水以外飲み物は何も残っていないが、それも帰路に使うから飲むわけにいかない。

あのドイツ人、死んじゃうかもしれないな。

さっきの彼女、いまごろ何をしてるだろう。もし外にいるのが自分で、いよいよ事態が切迫したら、自分だったら船じゅうを駆けまわってほかの客たちのグラスや缶やボトルの底の飲み残しを集めてあのドイツ人に飲ませるだろう。あの子もいまそれをやってる最中だろうか。シャッターに耳をくっつけてみたが何も聞こえない。あの子の肌。びっくりするほどきれいだった。あの子がカウンターごしに顔を近づけてきたとき、肌や目がうんと間近に見えて、あの目

ジェマはバーのスツールにへたりこむ。あの目。きれいだった。そのきれいさはジェマを深々と切り裂いて、でもそんなことをされてるなんて気づいてもいなかった。ジェマはまっすぐ目の前のシャッターを見据える、もし下を見たら皮膚を切り裂かれてむき出しになった自分が見えてしまうかもしれないから。もしかしたら本当に血が出ているかもしれなくて、こわくて目を下げられなかった。デッキに立って夏の景色を眺めていた、あのカナダ人のおばさんの傷ついたような顔が脳裏をよぎる。ポケットに手を入れて二十ポンド札に触れてみる。いずれカナダのどこかで、ジェマが会ったことのない、おそらく一生会うことのない人たちに向かって、彼女は画面の中からタータンチェックや氏族《クラン》や自分の生まれ育った土地について笑顔で話しかけるのだろう。テレビから出た彼女の声が、どんなところなのか想像もつかない場所の空気をふるわせるのだろう。すでに無数のバージョンの彼女が世界じゅうに散らばっている。笑顔のバージョンの彼女は何度も海を渡っているのに、自分はそれを知ることもない。

もしかしたらシャッターを上げて、出ていってあの子を助けるべきなのかもしれない。ドリンク用の水を使うべきなのかもしれない。誰にもわかりっこない。コーヒー紅茶がものすごくたくさん売れたと言えばいい。こんなに暑い日だ。きっと誰も疑わない。自腹でお金を足して、たくさん売れたように見せかければいい。コーヒーのドリップパックとティーバッグをまとめてリュックに隠す。ドイツ人の女の人は目をぱちくりさせながら頭を振って、あなたは命の恩人よと言うだろう。想像もつかない外国語を読む目をもつあの女の子は、あたしに向かってほほえみかけるだろう。もしかしたらあの子、あたしが勉強しに行く都会から来たのかもしれない。きょう船が波止場に着いて帰ろうとすると、あの子は本を小わきに抱えてクルーズ・アシスタントのジェマの後ろを少し離れてついてくるかもしれない、あの子はとてもシャイだし、あたしがシャイなことも知っているから。あたしは家に向かう歩調をゆるめて、あの子が追いつけるようにしてあげる。そうして二人で並んで歩いて墓地の横を過ぎ、運河の端まで行き、町に入って、あたしはあちこち町を案内してあげる。美術館。博物館。大聖堂。劇場。お城。お城の建つ丘には草をはむウサギがたくさんいて、辛抱づよく待っていれば出会えるかもしれない。それに川のアザラシも見られるかも、もし引き潮で、あと運がよければ。それからあの子にあたしが通った学校を見せる。クルーズ会社の事務所も。あたしは鍵を持っている。きっともうみんな家に帰ったあとだろう。会社にはもう人っ子一人いなくなっていて、空には今しも宵の光。ジェマは髪を手でかき上げる。深呼吸を一つする。

　手を伸ばしてシャッターを上げようとしたら、鍵がかかっている。南京錠を開ける小さな鍵がどこにも見当たらない。物を置けそうなところはすべて探す。自分のポケットを一つずつ探り、もういちど一から探りなおす。足元の床を見まわす。ゴミ箱の中身を全部あけてゴミをかきわける。スツールを持ちあげてみる。ドリップパックの箱を空《から》にする。ウイスキーのミニチュア瓶の後ろを探す。

南京錠を引っぱってみるが、小さいのにびくともしない。ひっくり返して鍵穴を見る。爪をこじ入れてみてから、手を放す。アンディはこれの鍵を持っていただろうか。ジェマはスツールに座りなおす。

もうこれ以上どうすることもできない。部屋が揺れているのは、船が水面で揺れて、船着場につながれている綱を引っぱっているから。出発まではまだまだ間があるから、自分がここにいることを長いこと誰にも見つけてもらえないだろう。ここはひどく暑いし空気も悪い。おまけに自分まで喉が渇いてきて、でも彼女が飲んでいい飲み物はここには一滴もない。

あー酔っぱらっちった。めっちゃいい気分。ほら木のてっぺんあんなに揺れて。酔っぱらうのサイコー、サイコーオブサイコー。スカンクみたいにドランク。あれスカンkだっけそれともスカンck？　ドランckでスカンck？　でもこんなに酔っぱらっててもあたしぜんぜんオッケー、だってー、狙いは正確だもんね。スナイパーみたくビシッと。それもめちゃ優秀なスナイパー。あたしちゃんと当てたんだもんねマジでばっちり狙いどおりに、こんなに酔っぱらっててもちゃんと当てれたんだもんね。あそこの**〈チャールズ・ロバート・キャメロンここに眠る　1907・12・8～1978・3・18　主は与え、主は奪う〉**ってのにちゃんと当たって音だってした、なのにボトル、割れなかった。当たって、ただはねかえった。きっとガラスの厚いとこに当たったんだ、薄いとこじゃなく。だからもっぺん投げれる、立ちあがって、あっこまで行って、ボトル拾ってもどってきて、そしたらまた投げれる、だから。つかボトルじゃなくてあたしがこなごななんじゃんね。あははは。薄いのはあたしでしたー。へべれけなのは、ｈｂｒｋなのは、このあたしー。

でもさマジで言わせてもらうけど、割れなかったってのはすごくいいこと。持ってきたのもうぜんぶ飲んじゃって、ほかの二本は割れてガラス《グラLス》？ 草《グラRス》？のうえに散らばってる。うるわしきインバネスの草、って詩の授業で習った。カロデンの虐殺があって、ジャコバイトの乱があって、でもってなんか女の人がいて、ジャコバイトがみんなギャクサツされて、女の人がめちゃ悲しんだ。インバネスのうるわしき草《ボニー・グラス》、つかうるわしき尻《アス》？ くすくす。草い尻ふっふっふっ。臭いひっひっひっ。ほかの二本は投げたら石に当たって割れた。一瞬前まで割れてなくてちゃんとボトルだったのに、今はこんなにこなごな。一瞬先のことは誰にもわかんないってこと。でもいつもじゃない、いつもそうなるっちゃかぎらない、だってほらこのボトル、投げたのに割れなかった。それってマジすごくない？ だからこれは、このボトルのままのやつはとっとこう、もしもあの人が折れた鉄砲もってやって来たら、あたしにも撃たせてもらえるかもしんないから。だってあたしすご腕だし。天才スナイパーだし。ほんと、割れないとかマジやばい。マジ奇跡。ほかの二つはぜんぶこなごななのに。割れた破片が〈バカルディ・ブリーズ〉って書いてある紙のラベルでくっついてつながってる。破片はどっかに片づけたほうがいい、もしかして誰かが犬連れてやって来て、犬のニクキューになんかあったらやだし。みんながここに犬を散歩に連れてくるけど犬のフンは一度も見たことない、それはたぶんみんなが死者をうやまってる？うまやってる？から。あたしも犬ほしいな。そしたらちゃんと地面の下の人たちをうまやって？うやまって？草を踏ませないようにする、だってその人たちからしたら、何百年もずっと死んでるのに、自分の体や頭の上を犬のニクキューとか人の足とかに真っ昼間から踏まれたくないし。あ！　でも昼だけじゃなく夜もときどきあるな、あはは。おんなじクラスのキャシー・マクレナン、あの子三年上のヴォーン・マクドナルドと古いお墓のそばでヤッて、夜の十時半とかに服をなおしながら出口に歩いてくる途中であたしがここにいるのを見つけた、いかにもヤリましたって感じで服に草の染みとかついてて、であの子ヴォーンに言ってた、あたしさっきのとこにケータイ忘れてきちゃった、あんた取ってきてよっつって、そしたらヴォーンがやだよお前自分で行けよっつって、そしたらあの子あたしだってやだよこんな暗いなか引き返すのっつって、それで二人でやだよ、やだよって言い合ってるとこにあたしを見つけて、ちょっとあれジャスミン・マッキンリーじゃないのっつって、だからあたしキャシー・マクレナンに大声でどなった、なんならあたしが行ったげようか、あんたのケータイの番号教えてよ、そしたらあたしのケータイでかけて、その音聞いて探せるじゃんって、なのにキャシー・マクレナンはあたしのことカンペキ無視した、まるであたしが存在してないみたいにシカトした、で、次の日の家庭科の時間、その日はみんなでフルーツとチーズのスコーンを作ったんだけど、キャシー・マクレナンがあたしんとこに来て言った、あんたゆうべ一人で墓地にいたでしょ、頭イカれてんじゃないの、あんなヤク中とかいろんなのがいっぱいいるとこにいっつも一人でいてさ、誰かとヤリに行くんでもなしにあんな死人だらけのところに一人で行くとかキッショイんだけど。ヘンだキャシー・マクレナンの糞ったれ、自分はヤリの相手がいるって自慢したいだけじゃんよ。あんましキャシー・マクレナンがキモい場所とか気味悪い場所とか言うからあたし言い返した、ふうん、ところであんた死んだら天国とか行きたい？　したらキャシー・マクレナン、え、そりゃ行きたいに決まってんでしょ、もしそんなもんがあるなら、だからあたし言ってやったよね、マジ言ってやった、ふうん、でも天国行くんだったら死んでなきゃだめだよね、したらまずそのキショい墓地に入んなきゃ行けないんじゃないのって。あそこには立て札が立ってて、この墓地は賞を受賞しました、スコッッットランドでいちばん手入れの行き届いた墓地だからですとかって書いてあって、でもたしかに芝生はいっつもきれいで、前のときにあたしが割ったボトルのかけらとかが次行くといっつもきれいに片づけてある、どこでどんだけぶつけて割っても誰かがかならず見つけ出してなくなってる、いつもすごく静かで鳥の鳴き声とか木のたてる音以外に何の物音もしなくて、ここには何度も何度も来てるけどヤク中にはただの一度も会ったことがない、いっそ会えたらいいのに、そしたらこんなアルコポップ三本ぽっちよりももっとよく効く何かを分けてもらえるかもしれないのに。でもヤク中だったら逆にこんなとこ来たらやばいかも、死者やら何やらのゲンワクが見えちゃうから。でもあの人はちがう、あの男の人、だってあたしがおじさんヤク中なの?って訊いたらちがうって言ったし。一つはエアライフル、も一つはもっとべつのやつ、名前なんてったっけ、えーと何とかいう、えいばか思い出せジャスミン、エアライフルよりずっと強力なやつ、手とか肩とかいっぺんに吹っ飛ばせる、あたし見たもん、肩ぜんぶ、肩まるごとぜんぶ吹っ飛んで石の粉が飛んであと何もなくなった、あんなのはじめて見た。あの人あたしの両親を知ってるって言ってた。もし今夜もあの人が来て、あたしがこの割れないボトルを持ってたら、そしたら頼めるかも。あたしがお墓の上にボトルを立てて、そしたらあの人が銃を持たせてくれるかも、だってほら、あたし名スナイパーじゃん? どんだけ酔っぱらってても? ぜったいあれ当たってた、ミスったわけじゃない、石にきっちり当たって、ただ割れなかっただけ。キセキだよね、宗教の授業で習ったあの人が誰かの結婚式で何もないとこからワイン出してみせたみたいな。割れないボトルのキセキ。そうだこのボトルぐふふ天使の頭の上にのっけてみようかな。一杯いかがミセス天使、これがレッドブルだったら翼をさずけてくれるのにねへっへっへっ、でも考えたら必要なかったわあんた、元から背中についてるもんね翼、ひょっとしてもう飲んでたのかなうふふ天使が雲の上でバカルディ・ブリーズ飲んでるとかウケるんですけどひっひっひっ、あれやばいなんか気持ち悪くなってきたやばいやばい待って吐いちゃダメ、じっとしてじっとして、そうっとそうっと。そう。よしよし。あでも待って。うん。よし。

　ボトル、からっぽだけど割れてない。でも当たったときすごい音した。マジでかい音。あたしあの音すごい好き、ボトルが割れるときの音。どの音も割れるときは一つひとつちがう音がする。高いところから落とすとちがう音がする。思いっきしぶん投げるとまたちがう音がする。やさしくそっと落とせば、音もやさしい。割れないように投げてそれでも割れると、それもまたちがう音。全部ちがって一つも同じ音がない、まるで空から降ってくる雪が同じ水の結晶なのに一つも同じものがないみたいに。それってすごくない？　でもさあ、雪！　こんなに暑いんじゃ雪なんてもう永遠に降らないかも。生まれてからこんなに暑かった日はなかった、これじゃ頭んなかで雪を降らせられもできない。もう二度と雪なんかないかもしんない、ねえどうなの？　雪？　どうよ？　こんなに暑いんじゃもう二度と雪もクリスマスも何もかもないかも、ちーいさきローバよ、だいじにはこべやマーリアさま、かーねを鳴らせよベツレヘーム、ベツレヘーム、かーねを、今日は地面もからっと乾いてる、夏ってほんとサイコー、もういっそここで寝ちゃおっかな。どうせ誰も来ないし、門は十時？とかに閉まっちゃうし、でもまだもうちょっとしないと完全には暗くならないし、朝になったら門が開いて人が来ちゃう、みんなきっと仕事に行く前とかに朝イチでお墓参りに来る、モーニングにモーニングなんちゃってあははは、ゆうべはあれ何時だったったっけな、うんと夜中にここ出て歩いて帰る途中もう明るくなりはじめて、家に着くころには明るかったっけ。

もしもキャシー・マクレナンのケータイがどっかでひとりでに鳴って、でも誰も出なかったらどんなだろう。電話の向こうにいる人はずっと呼び出し音聞いてて、草の中でケータイずっと鳴ってて、でも鳥や木やお墓のほかにそれを聞く人はいない。

どんな音で鳴るんだろうな。ドラマの主題歌？　ＳＣｌｕｂの曲とか？　それとも音消してる？

あーあ、酔いが覚めてきちゃった。だよね？　ちがう？　ほら木のてっぺんまだ揺れてる、空は暗いけどたぶんもうこれ以上は暗くならない、でもボトルのなかは割れてるのも割れてないのもみんな空っぽ。割れたかけらがラベルでくっついてるあたりを指でさわってみるけどかけらの内側にはもう一ミクロンも残ってなくて、でも気をつけて気をつけないと痛《い》てっ、あーバカほらやっちゃった。指をちゅうちゅう、血よ止まれ。まあでもよかった、残ってるかどうか舌でたしかめなくて。お酒残ってなくてざんねん、あればサッキン剤になったのに。あたし将来お医者さんになっていろんなものを治したい。でもそれには大学で資格の勉強して資格取らなきゃで、進路指導の先生たちはあなたはその気になれば何にでもなれる、ちゃんと頭を使えばできる子なんだからって言ってて、でも先生たち何度も口しょっぱくしてあなたが自分でやる気にならなきゃだめなのよ、誰も代わりになんかやってくれない、あなたが自分からやらなきゃだめなのっつって、まあたしかにそうかもなんだけど、でもそしたらきっとみんなから、たとえばあのジャッキーって子、あんましガリ勉だもんだから、みんなからなにあいつ自分は特別だと思って気取ってんじゃないのウザっとか思われてシカトされてて、だからあたしもガリ勉したらみんなからずーっとあんた何様のつもりとか言われつづけなきゃなんない。それよか宝くじに当たるほうがいいな、そしたら働かなくてすむし、それかテレビに出て有名になるか、ビッグブラザーみたいなリアリティショーとか、番組に電話して百万ポンド当たるポップスのグループに入るとかして、いやいやだめだめ、だってあたしはスナイパーになってどっかに雇われるんだもん、わかんないけどどっかあるはず、だってスナイパーを必要としてるとこはいっぱいあるはずだから。だってこんなにスカンｃｈ？スカンｋ？みたいに酔っぱらってても、ああやばいまた始まりそう、来るの？　そうなの？　頭の上の木の幹に手の甲を思いきりぶつける、松の木だ、でもだめこんな痛みじゃまだまだ足りない、ちくしょう三時じゃぜんぜん早い、まだちゃんと夜にもなってない、だってほらまだ空に木が動いてるのが見えるし、あたしはまた始まりそうになってる。指はまだ血が出てすごく痛い。三本じゃぜんぜん足りない、覚えときなジャスミン、つぎは四本か五本持ってくること、ジェマにお金もらおう、キンクレイグのワイルドライフ・パークに遠足に行くからとかなんとか言って。もしかしたら今日またあの人が来るかもしれない。前に来たときはよかったな。前もこんくらい暗いときだった。まだ木のてっぺんが見えたけど、ほんのうっすらだった。あの人今日また来るといいな。前に会ったときは天使の横に立ってて、近づいてったらあたしのこと見てぎょっとした。あたしはこの人ヤク中なんじゃないかと思って、だったらなんかいいもの持ってるかもしれないと思って、おじさんそうなのって訊いたら、その人はちがうって答えた。そこに立ったままあたしのこと見て、言った。

　ちがう。

　じゃあ何なの、狩りの人かなんか？ってあたしは言った。そのときのあたしはけっこうシラフで、あの人が銃を二つも持ってるのはキツネとか鳥とかネズミとか、なんか有害な動物を撃つためなのかと思った。両腕に一つずつ、どっちも折れてた。折れてたっていうのはそういうふうに見えたっていう意味で、弾を入れる部分がぱかっと折れて開いてた。それを両腕に一本ずつ下げていて、だから「折れてる」っていう言葉にはいろんな意味があるっていう、これは豆知識。

ちがう。

それで動物を撃つの？

ちがう。

じゃあカモメ？

ちがう。

じゃあフホー侵入者を撃つの？　ヤク中みたいな人とか？　もしかしておじさん門番？

ちがう。

でも誰かを撃つんじゃなく生き物を撃つんでもないんだったら、もうここには死んでる人しかいないけど、死んでるんだからもう撃つまでもないし、いったい何《ホワット・ザ・ファック》を撃つわけ？ってあたしは言った。

その人はわりと年取ってて、ギャング団とかそういう感じじゃなかった。警察とか、そんなふうにも見えなかった。その人は片っぽの銃を地面に置いて、足で踏んづけた。

ファックなんて言葉を使っちゃいかん。

そしてもう一つの銃をカチャッとはめなおして、片目に当てて引き金をひくと、ものすごい音がして天使から石の粉がぶわっとあがった。あたしが見にいくと、弾は天使が心臓の上あたりにふんわり置いてた手に当たってて、手はひび割れて指に小さなつぶつぶの穴がたくさんあいてた。

すんごおお！とあたしは言って、トレーナーにかかった石の粉をはたいた。

そこどいてな、その人がひそひそ声で言って、銃の先をこっち来い、みたいに振った。それからその銃を地面に置いて足で踏んで、もう一つのほうを拾いあげてかしゃんとはめて目に当てると、またその天使を撃った。片方の肩がまるまる吹き飛んだ。鳥がぎゃあぎゃあ鳴きさわいで、それがまた木のてっぺんにもどって静かになるまで待つと、その人はまた同じ銃を撃って、鳥たちがまた鳴き叫んだ。天使の頭の上半分と顔がなくなっていた。それからその人は銃を両方とも折り曲げて開くと両腕にかけて、くるっと向きをかえて歩きだした。

ねえ、あたしも撃っちゃだめ?とあたしは訊いた。

もう帰って寝ろ、あたしの前を通りすぎながらその人は言った。子供がこんな時間に一人で外にいるもんじゃない。お前をほったらかしにするなんて、親はとんだ不信者だな。

あたしは超絶びっくりした。どうしてあたしの親のこと知ってるの？　あたしはその人の背中に向かって呼びかけた。

その人は立ち止まった。それから吠えるような声を上げた。そして銃ごとくるっと体の向きを変えてもどってきた。そして近くの像のそばで立ち止まった。

おれを見たことを誰かに言ったら神様のバチが当たるぞ。だから言うな。

わかった、とあたしは言った。この人きっと本気出したらすごくくるったおっかないことしそうって思った。その銃撃たせてくれたら誰にも言わないってあたしは言った。

その人は服の寸法でもはかるみたいにあたしをじっと見た。それから腕時計を見た。それから木の向こうの空を見あげた。それからはあっと息を吐いた。急げ、とその人は言った。光がもどってきて誰かに見られる前にな。

その人は銃をかちゃんとまっすぐにした。さわるなよ、と言った。あたしの目に銃を当てた。のぞいてみたけど何も見えなかった。そしたらその人があたしの頭に手をあてて動かないようにして、そしたら銃の望遠鏡のガラスの丸の中にもやもやした暗い光が見えて、あ、これたぶん空だ、それから木のどアップ、それから墓地の奥の運河の手前のフェンス、それからお墓がみんなゆらゆら揺れて見えた。その人は銃をどけた。

見てな、とその人は言って銃を顔に当てて、あごの下に指を当てたポーズの天使を撃った。あたしは走ってって芝生から石のかけらをひろった。指が何本かまだあごのところにくっついてて、でもその下の手はなくなってて宙ぶらりんだった。手はこなごなになって芝生の上に落ちてた。かけらを一つひろってもどった。その人はあたしからそれを受け取ると、植え込みに向かって投げた。

さてとお次は、その人はそう言ってくるっと体を回転させて、年取ってたけどそれがまるで映画のカウボーイみたいで、それからべつの像の頭を撃って、べつの像が持ってた聖書も撃った。

この人は教会の牧師さん。天使はグウゾウ。これがこの人の仕事なんだ。あの人はあたしに、銃が撃てるときと撃てないときのちがいを教えてくれたんだ。

そのうちに本格的に光がやってきて、その人は行ってしまった。

その人が頭と肩を吹っ飛ばした像の石の断面は、まっ白な色をしてた。今夜またそれを見たら、頭はなくなってるのに、残ってるほうの肩にウェーブのかかった髪だけのってた。あの人ほんもののソゲキ手だ。神ワザスナイパーだ。この墓地の、天使がかたまっているあたりでは、天使はあらかた手足がなくなったり傷つけられたりしてた。墓地ぜんたいで天使がいるのはそこだけ、運河に近いあたりだけで、ほかの場所には一つもない。もしかしたら天使のいる宗教と、天使を認めない宗教のちがいとかなのかも。

　それにしてもあの人、どうしてうちの親のこと知ってたんだろう。うちの親が宗教まるで無関係だってこと。聞いても答えてくれなかった。もしかしてあたし、かつがれたのかな。うちの親のこと知ってるとして、両方なのかな、それとも父さんと母さんのどっちか片方だけ？　あたしがこんな時間に、こんなとこに一人でいて、真夜中に家の外にいること、親に言いつけるかな？　でもキンバリーに言わなければいいや。もしかしてキンバリーのことも知ってるのかな。もう完全にお酒さめちゃったよ。こういうときのヒユって何だろう、何みたいにお酒さめちゃったって言うんだろ。それでも今あたしは何もかもが感じれる、この宇宙の何もかもがすごくはっきり。ふとももの下にちくちく当たるちっこい石も、手首をくすぐる草も、自分を取り囲んでるあったかいような冷たいような空気も、木や金網フェンスの向こう、運河の向こう岸に見える家々の部屋の明かりのさびしさも、それにまだずきずきする指の痛みも。指にはギシギシの葉っぱを巻いといたから、ぎゅっとおさえておけば血も止まるはず。

　今がいちばん暗い時間だから、もしあの人が来るならもうそろそろだ。あたしには割れなかったボトルがある――ほんとふしぎ、割れないだなんて――でもあたしはもうあんまし酔っぱらってなくて、でもあたしが本当にやりたかったのはものすごく酔っぱらってべろべろの状態でも的に当てれるか試すことで、だってもしそうならすごいことだから。でも酔っぱらってなくても自分の腕前を知れたらやっぱりうれしい。だってまずは自分にそもそも腕前があるかどうか知りたいから。あの銃すごく重そうだった、あの大きいほう。それにもう一つのほう、あれもあたし一人じゃうまく折り曲げられないかな、だれかに助けてもらわなきゃだめかな、それとも自分ひとりでできるのかな。それが本当に知りたい。

天使たちは虚《うつ》ろな目を上げ、傍目《はため》には天を見つめているように見える。

二人の男たちは今も死者の丘の中で酒を飲んで浮かれ騒いでいる。

カモメたちは川岸に集まって朝の出動にそなえている。

あのコンクリートの鍵のかかった箱の中では今日もまた誰かが眠っている。ヒッチハイクの若い女の子がバックパックに頭をつけて眠っているのかもしれず、あるいは警察が追い払うべきホームレスなのか、でも構わない、彼にも一夜の部屋と眠りを。

何千という布切れは古井戸のかたわらの木々の枝を重みでたわませ、そよとも動かない。

怪物は湖の底のねぐらで眠り、大きなヒレをぴくぴくふるわせ、巻き上げた泥であたりの水を濁らせる。

観光客たちはホテルで、ゲストハウスで、ベッド＆ブレックファストで眠っている。

町の善人たち。町の悪人たち。

真夜中の空に、光。

浸食

あなたがこの話を読むにあたって、私の何を知っておいてもらえばいいだろう。年齢？　それとも年収？　どんな車に乗っているか？　なに、今の私を見ればいい。始まりから途中から終わりまで、ずっと手の届かない誰かに恋こがれている、私のこのありさまを。朝は彼女を思い、日を浴びて生まれ変わった気分で目を覚まし、それから一日じゅう夢見がちにふわふわと幸せな気分で過ごし、でもその裏にはずっと、切れた電球のようにどんよりとした一つの言葉が厳然として控えている――〝無理〟。

廊下の鏡の中に誰かがいる。もう一度よく見る。私だ。鏡を見たのなんて何日ぶりだろう。服のまま寝てそのまま起きてきたみたいに見える。キッチンに入ると、汚れた皿が積みあがってうっすら腐臭を放っている。何かを食べた記憶もないのに。居間に出る。床いちめんに本が置いてある。

庭に出て、リンゴの木を見る。まだ若い木だ、三年前に自分で植えた。背丈もちょうど自分くらい。一年め、この木は一つだけ実をつけた。ちゃんと食べられて、甘ずっぱくておいしかった。二年めは三つだった。そして今年、木は小さな実の赤ちゃんをたくさんつけた。十か、それ以上。ところが若い葉が枯れかけている。顔を近づけて見ると、新しく伸びた脇枝に、緑や藤色のアブラムシがびっしりついている。大きめの若葉も、表は何もなくきれいでも、裏がえすと虫がレンガみたいに隙間なく並んでいる。何枚かは端からぎゅっと丸まって枯れかかっている。指で広げてみると、中はいちめん小さな煤《すす》世界だ。まるで丸まった一枚一枚の葉の内側に廃工場の敷地が隠れているみたいに。

そしてその根元を這《は》いまわり、細い幹を上ったり下りたりし、枝の先っぽに今にも落ちそうにつかまり、みっしり並んだアブラムシたちを突っつき、次なる目ぼしい若葉に食指を伸ばしている者たちがいる――アリだ。

途中

あんまり長く話せないんだけど、と友人は言う。もうすぐロンドンで、あとちょっとでトンネルに入っちゃうから。

いえ、待って。うん全然問題ない。ほんと、大したことじゃないから。ただちょっと聞きたかったんだけど、うちのリンゴの木にアリがびっしりたかってて、葉っぱにアブラムシがついちゃってるんだよね。

農薬は使わないでよ、と彼女は言う。リンゴも地面も木もダメになっちゃうから。アリを殺すなんてもってのほか。その木はアリの農場なのよ。アブラムシを養殖してるの。だからアリに立ち退

きをお願いするしかない。ちゃんと礼儀ただしくね。あ、もう入っちゃう

何に？　僧院？　昏睡状態？　不機嫌モード？　何にせよ、彼女はそれきり沈黙する。私は電話を切り、床の本をまたいで居間から庭にもどる。まっすぐ木の前に行き、先のほうでアリが一匹何やらやっている枝を見つける。その枝を手で持って曲げ、先っぽのアリに目の焦点が合わなくなるくらい顔に近づける。アリは私にも、ほかの何にも気づかず、ただひたすら枝の先にだけ気を取られている。その枝先を私はマイクのように口の前にもっていき、語りかける。あの、出ていってもらえませんか。これは私のリンゴの木で、あなたたちのおかげで葉っぱが枯れそうなんです。お仲間のアリさんたちにもいっしょに出ていくよう伝えてくださいね。

庭仕事ですか？　隣の家の住人がフェンスごしに声をかける。

彼が言外に言おうとしているのはこうだ‥なんだってまた仕事にも行かずに昼ひなかから家にいるんだ？

お早いお帰りですね、と私は言う。

今日は休みを取ったのでね、とお隣は言う。そちらは？　どこかお具合でも？

その意味するところは‥ひょっとしてリストラされたのか？　それともクビ？　じゃあ俺のほうがあんたより稼ぎが多いかな？　そんなんでまだローン払えるのかね、それともその家を売らなきゃならない？　売るとしたらいくらになるだろう？　というのもたぶんうちのほうがお宅より高値だろうからね、なにせお宅なんかよりずっと家に手をかけてるんだから。

いえいえ、そうじゃないんです、と私は言う。ちょっと長期休暇を取ってまして。ところでアリについてお詳しいですか？

アリ？　お隣は言う。殺しゃいいでしょう。ほかに手はないですよ。ほっとくと連中、どんどんはびこりますからね。

その心は：うちの庭まで来られちゃたまったもんじゃない。

彼は物置小屋から芝刈機を出すと、三日前に刈ったばかりの芝生を刈り、また物置にしまう。

言わんとしているのはこうだ：あんたももうちょっとマメに芝を刈ったらどうだ。見ろよその庭。ひどいザマだ。

彼は家に入る。勝手口のドアがばたんと音をたてて閉まる。私はかれこれ三十分ちかく木の前に立っている。アリたちの様子にとくに変化は見られない。どうやら出ていく気はなさそうだ。私は自分の物置小屋から古い自転車を出し、それに乗って近くのショッピングモールに向かって走りだし、そのあいだじゅう彼女の腕の内側の肌を思い、そこに触れたらどんなだろうと思い、彼女の乳房のたわわな丸みを思い、それが自分の口や目の前で揺れるところを思い、そのせいでアーケードに着くと、目指すホームセンターではなしに、いつも行っているスーパーマーケットのほうに入ってしまう。なんでこんなところにいるのかわからないまま、私は果物と野菜売場の通路の真ん中に突っ立つ。

新入りの店員がネクタリンを棚に並べている。まだ十五歳ぐらいだ。名札に〈アンジェラがお手伝いします〉と書いてある。

私はアンジェラにアリのことを話す。彼女は、生まれてこのかたこんな変な話は聞いたことがない、といった顔で私を見る。私の服装を見、それから髪を見る。そろそろと後ずさりする。しばらくして三十ぐらいの女性がこちらにやって来る。名札には〈ヘレン・セラー　主任〉とある。

何かお探しですか、と彼女が言う。

私はアリのことを話す。

チリパウダーですね、と彼女は言う。アリはチリパウダーの上は歩きません。足につくのを嫌がるんです。

ありがとう、と私は言う。

私はスパイスの棚に行き、チリパウダーのマイルドを四袋買う。ストロングではなくマイルドにしたのは、アリにあまり苦しんでほしくないからだ。私がレジでお金を払って店を出ていくところを、アンジェラとヘレン・セラーがじっと見ている。自転車の鍵をはずすあいだも、二人は店の正面のガラスごしにまだこちらを見ている。

庭にもどると、私はチリパウダー二袋ぶんを使って木のぐるりに円を描く。アリたちはあいかわらず木の幹を上り下りし、下の地面を歩きまわり、オレンジ色の線も越えていく。まるでそんなものそこに存在していないみたいに、それがただの地面の盛り上がりか何かであるかのように。

私は家の中に入り、父親に電話をかける。

いまサッカーを観てるんだ、父は言う。

待って切らないで、私は叫ぶ。

私はすぐにかけ直す。長いこと呼び出し音が鳴る。

なんだ？　父は電話を取るなり言う。幹に白いペンキを塗るんだよ。あいつら白が嫌いだからな。白いもんがあると、そこから先には行けない。全部には塗るなよ、あとグロス塗料はまちがっても使うな、木が傷《いた》む。エマルジョンだ。ぐるっと輪っかに塗ればイチコロだ。

私はもういちど物置小屋に行き、古いペンキ缶を見つける。ドライバーでふたをこじ開ける。刷《は》毛《け》が見つからないので、ドライバーを使って根元に近いあたりを三インチ幅にぐるりと白く塗る。芝に腰をおろし、ペンキが乾くのを待つ。濡れているうちにアリがそこを踏んでくっついてしまわないように。

終わり

私は枝の先にいたアリを指ではじき飛ばす。べつの一匹を木からつまみあげ、指でつぶす。幹を下りてくるのを見つけて親指で殺す。そばにいた何匹かが驚いて右往左往する。私は殺せるかぎりのアリを殺しまくる。それから殺すのをやめる。木を枯らしたいんなら枯らせばいい。いったい自分に何ができる？　何もできやしない。

私は家の中に入り、床の本をアルファベット順に棚にもどしはじめる。

それからまた庭に出て、木のまわりの土を掘る。シャベルの先が根に突きあたる。植えてたったの三年だというのに、ずいぶんしっかり根が張っている。私はシャベルでもって根を断ち切り、渾《こん》身《しん》の力をこめて体を後ろにそらし、木を地面から引っこ抜く。

始まり

私は恋をする。

より比喩的《ひゆてき》に表現するならば、私はある日道を歩いていて、まったく何の前触れもなく、雷に打たれる。青天の霹靂《へきれき》とはまさにこのこと。雨は降っておらず、雲さえあまりなく、日が照っている。ただ南のほうはうんと暑く、北のほうは涼しくて、もしかしたらその二つの前線がぶつかったことが雷の原因なのかもしれない。二つが出会った瞬間、私は後頭部をバットで殴られたような、ソケットにプラグを差しこまれて体じゅうに電気が灯《とも》ったような衝撃を受ける。くらくらして、なのに全身が光っている。服ごしに光る体があんまりまぶしくて、私は手を目の前にかざす。光は袖口からあふれて手の上を照らしている。私は地面に両手をついて、目をしばたたきながら歩道のへりに座りこむ。

　彼女の車が道の真ん中で停まる。ドアを開けっぱなしにして車から降り、座っている私のそばに来る。彼女も光っている、輝いている。まるで夏みたいだ。わたし見てた、何もかもぜんぶ、そう彼女は言う。空からとつぜん光が降ってきたこと、それが私の後頭部を直撃したことを彼女は話す。さわってみると、たしかに頭に火傷したような箇所がある。毛が焼け焦げたようなつんとするにおいもまだうっすらする。

　彼女の髪が黄色だということがわかる。

　二十五歳ぐらいだということもわかる。

　何という名前の車なのかはわからない。

　それから何日か、何週間か、ひょっとすると何か月かが過ぎ、私は空に恋し、地面に恋し、花弁の中で花粉にまみれてはしゃぐ蜂《はち》たちに恋している。恋しながら目覚め、恋しながら眠りにつく。庭のリンゴの木にアリがついて、葉を枯らしかけている。いいじゃないの。私はアリたち一匹一匹を愛し、彼らが樹皮に残す見えざるＤＮＡの足跡の一つひとつを愛する。アリたちに幸あれ。彼らのアブラムシが肥え太らんことを。アブラムシたちも愛している。私は友人を愛する、もともと友だちだから当然だけれど、それだけではない、私はお隣さんを愛し、スーパーのアンジェラとヘレン・セラーを愛している。偏屈な父親を愛している。私は庭から家の中に入り、居間の床に置いた本のあいだに座る。本はぜんぶ私が本棚からおろした、だってそうしないと二度と手にとって開かないかもしれないから。古い『チェンバーズ二十世紀辞書』をあてずっぽに開いてみる。どの言葉もぜんぶ意味深い。〈ゴルディウス〉、～の結び目。決して解けない難問のたとえ。〈物質的な《ハイリック》〉、肉体にまつわる。〈必要《ニード》〉、それなしでは済まされないものがそこになく、助けを必要とする状態。欠乏。〈スペルター〉は純度の低い亜鉛。〈閃き《グリーム》〉はかすかに射す光、光線、輝き。しばしば比喩的に使われる。（例）希望の閃き。閃きとともに悟る。

　私は本に頭をのせ、べつの本に足をのせて床に横たわり、天井と、ハエが点々とこびりついた古い照明具を見あげる。このお話のこの時点では、その天井すらも光り輝いている。

いなくなった女の子は私と同い年だった。学校アルバムのその子の顔写真が新聞にもテレビのスコットランドのニュースにも出て、自分の住んでいるところがテレビに出ることなんてスコットランドのテレビでさえめったになかったので、当時の私は大興奮した。十歳だった。その年の夏のいつまでも明るい夜、私は父親が裏庭に造りかけていた温室を出たり入ったりして独りで遊んだ。温室はまだ植物もガラスもなくて、コンクリートの床と、骨組みだけの壁と屋根しかなくて、つけたばかりのドアはレールにきっちりはまって固かった。私は存在しないガラスに腕を突きとおし、バイオニック・ジェミー*みたいに固い壁をすり抜けているようなつもりになった。厩舎《きゅうしゃ》の馬みたいにドアの上半分から身を乗り出したり、しゃがんで真ん中の金属の枠の下をくぐり抜けて、ドアを開けずに出入りしてみせたりした。

* 七〇年代の人気テレビドラマの主人公。事故で体の一部をサイボーグ化され、超人的な身体能力を獲得した。

ガレージの脇で父がフェンスごしに誰かと話す声が聞こえた。父は庭にいる私を大声で呼んだ。うちの娘は本が好きでね、父は相手の男の人にそう言っていた。なあおい、と父は私に言った。この人がバンの中にある本どれでも好きなのを取っていいと言っているぞ。読みおわったら返して、またべつのを借りていいんだそうだ。

その人はスティーヴンさんという名前で、ハイランド地方と島々を回って本を売っていた。スティーヴンさんのバンの中身はぜんぶ本だった。後ろのドアに折り畳み式のステップがついていて、父が入っていいと言ったので私は入った。図書館ではなかった。本は貸すのではなく売り物だった。パピヨンとかショーグンとか、そんな本が並んでいた。私は誰かが誰かを探している、みたいな題の本を借りた。表紙は、今ならダイアン・キートンだとわかる女優さんが笑いながらタバコを吸っている写真だった。その本にしたのは、その女の人がきれいだったからだ。

大事に読んでくれれば、とバンの男の人は言った、そのまま誰かに売れますからね。

そしてスティーヴンさんは本の正しい持ち方や、背表紙を傷つけないようにそっと開くこと、汚れた手で触ってページの縁を汚さないことなどを実演つきで教えてくれた。私はその本をベッドの中で読んだ。セックスについての話で、あとで誰かがその女の人を殺す。自分のあとでこの本を読むかもしれない、もしかしたら遠くの島に住んでいる誰かのために、私は毎晩教わったとおりのやり方で本を持った。島であのバンから本を買って家に持って帰った誰かに、自分より前に私がその本を読んだことを気づかれないようにしたかった。同じ学校にヘブリディーズ諸島から来た女の子がいて、その子は言葉におまけの音がはさまるみたいな話し方をした。ひらひらした、居間の新しい応接セットの肘掛《ひじか》けや後ろに母が長いピンで留めつけたレースの飾りみたいな音。

朝食のテーブルで、母が私を探るようにじいっと見た。

アイオーナ、あんたちょっと顔色が悪いね、と母は言った。こっちおいで。

母は私のおでこに手を当てた。私はみんなが寝静まったあともずっと起きて、あの本のセックスの場面や最後に男の人がそれをやるところを何度も何度も読みかえしていた。本をできるかぎり細く開いて、奥のほうに隠れて見えない行の端っこの単語をなんとか読もうと顔を斜めに傾けながら。

おそくまで本読んでたから、と私は言った。

母はナイフでぐいぐい押しつけるようにしてトーストにバターを塗った。両親とも本は読まなかった。働いていればそんな暇はなかった。ことに母がそうだった、本などお呼びでないし一文の得にもならないというタイプの人で、だから母の死後十年たった今、私の手元に残っている数少ない母の形見の一つが本だというのはいまだに不思議だ。リップ・ヴァン・ウィンクルその他の短篇、ワシントン・アーヴィング著。母はそれをある日の夕方、大学の夏休みで帰省していた二十代の私にくれたのだった。いったいどこにしまっていたのだろう。私は家にある本なら全部知っていたが、その本は一度も見たことがなかった。学校の教科書だった。印刷された楯《たて》の形の枠の〈名前〉の下に母の旧姓と学校名が几帳面《きちょうめん》な字で書きこんであり、その下のページの端から端まで使って、にじんだ青インクで大きさがまちまちの下手くそな大文字で、母の名前が書いてあった。出版日は一九三八年、母の父が死んで母が学校をやめなければならなかった年だ。母が十四歳のときだった。いま私の手元にあるのはその本と、母の灰色のドライブ用手袋、それに母の結婚指輪、それだけだ。

というようなことを考えている私はいま、空港から家に戻るブラックキャブに乗って、イングランド南東部を移動中だ。運転手が何か話しかけたそうにしているのが気配でわかる。私はバッグから本を一冊出してすぐにでも開けるように準備する、本当に読もうとすれば車酔いになるのはわかっているけれど。去年さんざんいろんな賞のショートリストに残った本だ。作者は男性だが、あたかも女性が書いたかのように書いてあるというのがこの本のミソだ。みんながいい本だと言う。手の中でひっくりかえしてみる。父のトマトの匂いがする。本を鼻に近づけ、ページをぱらぱらめくってみる。バッグの中には青いのから熟《う》れる一歩手前のものまでトマトがぎっしり入っている。家に着いたら窓枠に並べるように言われている。

運転手がこちらを半分振り返ったので、私は本の真ん中あたりを開く。ちょっとだけ見て、窓の外に目を移す。路肩の草はまた丈高く伸び、野原は、この季節はいつもそうだが黄金色をおびている。アームレストのボタンを押して右側の窓を下げる。夏の空気が流れこむ。夏は何度も巡ってくるが、少しも老いる気配がない。いつも滑らかなまま何度でも繰り返し戻ってくるように見える、でも本当はターンテーブルにのせた45回転のレコードみたいに取り返しがつかないほどに古びている、それか、その古い45回転のレコードをターンテーブルから取り上げて、今日のように風のない日に運河の水面めがけて円盤のように投げて、それが沈んでいったあと、まるで何も投げられず何も沈まず、最初から何も起こらなかったかのように元通り滑らかな水面を運河のほとりに立って眺めているみたいに。

運転手が私に何か訊《き》いている。すみません、仕切り板ごしに彼が言う。お客さんどちらまで行かれます？

機械で増幅したような、でも遠い声だ。行き先ならすでに伝えてある。道がまちがっていたらどうしよう？　手持ちの現金は乏しいのに、画面に映し出されたアニメーションの円は——その円が三秒か四秒おきにくるりと一周して閉じるたびに、十ペンスが加算された新しい料金が光って表示される——すでに空恐ろしいほど何周もしていた。なのに車はルートンをやっと抜けるところだ。

私はもう一度町の名前を言う。

で、それのどこですか？　と運転手が言う。

真ん中へん、と私は言う。近くなったら言いますから、私は仕切り板に向かってどなる。

でも住所はどこなんです？　と彼が言う。通りの名前は？　スペル言ってもらえます？

言っても知らないと思う、と私はどなる。すごく細い通りだから。

大きな声出さなくても大丈夫ですよ、と彼が言う。ちゃんと聞こえてますんで。

道に目を向けたまま、彼は自分の後頭部の上に出ている表示を指さす。ライトが点灯している時は運転手と話せます、と書いてある。

あ、ほんと、と私はどなる。それから普通の声になって言う、家のある通りはすごく細いの。でも近くなったら道を言いますから。

いえそうじゃなくてですね、と彼が言う。だってほら。

ダッシュボードの上にペーパーバックほどの大きさのスクリーンがついていた。彼はそれをぱたんと下に開き、いくつかボタンを操作する。

これにはまだ市の名前までしか入れてないんです、と彼は言う。

スクリーンからミドルクラスのイギリス人女性の声がする。次のロータリーを直進です。それと同時にスクリーン上にも同じ言葉が文字で表示される。

車はロータリーまで来る。車は直進する。

で、お客さんの住所は？　と運転手が言う。

彼は私の住んでいる通りの名前を機械に入力する。地図がいくつかぱっぱっと開く。お客さんの家、ここですよね？　ここがお客さんの家、そうでしょ？　と彼は言う。あっちですね？　彼は顔を私から前の道、また私、また道、と動かす。それに合わせて車が左右に大きく振れる。私はシートの上を横すべりする。

そう、と私は言う。

ね？　と彼は言う。すごいでしょこれ？　どこだって教えてくれるんです。本当にどこだって。ただ聞くだけでいいんです。そうするとここから衛星に電波が飛んで、また衛星が電波を送り返してくる。

彼は車内の反対側に据えつけてある小さな黒い箱を指さす。

声で教えてくれるし、声が嫌ならこっちの文字だけにもできるし、両方がよければ両方にもできるし、どっちもなしもできるんです、もし声も情報も欲しくなければね、と運転手は言う。

彼は声をオンにしたりオフにしたりしてみせる。ボリュームを上げたり下げたりしてみせる。この人は私よりずっと若い。車も新しい。メタル部分はどこもかしこもぴかぴかで、グレイの内装は真新しい。私の手のすぐ横あたりのドアには〈安心と信頼のコヴェントリー製〉というステッカーが貼ってある。

これ千八百もするんですよ、と彼が言う。ほかにもいろんなことができるんです。ほら、ほんとになんだって教えてくれますから。

次のロータリーを直進です、とさっきの女の人の声が言う。

運転手はいろいろなボタンをつぎつぎに押す。

ね、これがいちばん早いルート。それからこれはいちばん静かなルート。次に道を曲がるまであと何マイルかも教えてくれる。工事中の場所も教えてくれる。それからお宅まであと何マイルかもこれでわかる。街だけじゃなくて、お客さんが住んでる家までですよ。それからほら、いちばんガソリンが節約できるルートも教えてくれるし、町に着いたらお宅までどうやって行くかも、あと何ヤードで曲がるかも教えてくれる。あそこに道路標識があるでしょ？　何て書いてあります？

ベッドフォード十五マイル、と私は言う。

でほら、ここ、何て書いてあります？

ベッドフォード十五マイル、と私は言う。

ぴったりでしょ、と彼は言う。完璧に。だからもし僕らがベッドフォードに行きたいと思えば、標識がなくてもあとほんの十五マイルだってわかる。こんなタクシーに乗ったことあります？

いいえ、と私は言う。初めて。

もしかしてこれって巧妙な誘いのテクニックなんじゃなかろうか、と私は内心疑う。ベッドフォードに行きたくないかい？　いずれ全タクシーが、と彼が言う、いや全部の車がこういうナビゲーション・システムをつけるようになりますよ。

僕ワシームといいます、と彼は言う。あとで携帯の番号を教えますんで、もしルートンからタクシーで帰ることがあったら、いつでも空港までお迎えに行きます。

え、何？　私が自分の名前を言うと、彼は言う。どんなスペルです？

彼はじっと考える。

なんだか一つじゃなくて三つの言葉みたいだなあ、と彼は言う。

島の名前なの、と私は言う。つまり地名。その機械に入れたら、きっと私が出ると思う。

あはは、と彼は言う。でもお客さんどちらからいらしたんです？　もしさしつかえなければ。

私は画面を指さす。だからそこ、と私は言う。

ああはい、と彼は言う。ていうかその前です。どこかよその出身ですよね、話し方の感じからして。

次の交差点を左です、ミドルクラスの女性の声が言う。

グラスゴーで働いてる従兄がいるのだと彼は言う。私の出身はグラスゴーからはだいぶ遠いのだけれど、と私は言う。

遊びに行ったんですよ、と彼は言う。雨でした。

彼はハンドルから両手を放し、午後の日差しをたっぷり浴びたこの国全体をひっくるめるように肩をすくめる。

私はうなずいて笑う。そしてシートにもたれかかる。

お客さん暑くないですか？　クーラー入れましょうか？　何かあったら遠慮なく言ってくださいね、と彼は言う。

大丈夫、と私は言う。ありがとう。

もし眠りたければどうぞ、と彼は言う。近くなったら起こしますから。

彼はダッシュボードのスイッチを押す。頭上の小さな赤いライトが消える。

その女の子はキャロリン・ファーガソンという名前で、船の渡し場のそばに住んでいた。まだ新しい橋ができる前のことだ。あちこちの店のウィンドウにポスターが貼られて、学校の写真の彼女は悲しげな顔をしていた。彼女はキンマイリーズの叔父の家で見つかった。スーパーのレジ袋に入れてあちこちの戸棚に隠してあったのだと、両親の知り合いがうちに来て話していたのを覚えている。その人がそれを知っていたのは警察の鑑識課で働いていたからで、家に踏みこんだときの臭いときたら、その夏は前の年と比べてずっと涼しかったのに、それは凄《すさ》まじかったのだという。大人たちがキッチンでその話をしているのを私はドア越しに聞いていたのだが、私がそこにいるのに勘づくと、母は私に裏庭に行って洗濯物を取りこんどいで、とどなった。その夏はドナ・サマーのアイ・フィール・ラブが何週間も一位を独走し、そのあとはブラザーフッド・オブ・マンだった。いっしょに逃げよう、いっしょに永遠に、アンジェロ。今でもその二つを聴くたびに当時のことを思い出す。子供たちは庭から出てはいけないことになった。いつも親の目の届くところにいなければならなくなった。次の夏にはもうみんなどこでも好きなところに行ってよくなって、その夏の一位が何だったのかは思い出せない。

　バッグのトマトの横にはタッパーがあって、中ではスープの塊《かたまり》が半分溶けかかっている。父は保冷のためにそれを新聞紙でくるんでくれていた。医者から飲むように言われている薬を父は断固として飲まない。しかもそれを私に自慢げに話す。馬鹿はやめてよ、と私は言った。ふん、と父は言った、薬なんぞは体にかえって毒だ。父は私を庭に連れていき、温室の横に置いてある大きなコンクリート板を指さして言った、お前が帰ったらすぐこいつを七枚庭のあっち側に運んで並べようと思う、そうすりゃトレーラーをその上に持ってこられるからな。それからガレージに置いてある冷凍冷蔵庫も今日のうちに家に運ぶつもりだ、ドアを通るかどうかわからんが。冗談でしょ、と私は言った。けれども父は耳が片方よく聴こえなくて、ちょうどそのとき横を向いて悪いほうの耳をこちらに向けていたから、返事はなかった。

タクシーが左に曲がる感じがする。スープをくるんでいる新聞紙は行方不明の女の子たちに関する記事で埋めつくされていて、たぶんそれで私はキャロリン・ファーガソンのことを思い出したのだろう。その記事は忍びよる戦争の危機を押しのけて、二面と三面、国際面にまで及んでいた。女の子たちがいなくなるのはいつだって夏だ。まるでそれが旬の季節だとでもいうように、まるで彼女たちを連れ去る人々が、農家や果樹園の季節労働者やタブロイド紙の記者のように、シーズンの到来を待って仕事にとりかかるように。私が十二歳ぐらいだったある夏の晩、家に帰るのが遅くなったら、大人たちが近所じゅうを捜して私の名を呼びまわっていて、でも私には聞こえていなかった。両親はカンカンに怒って、キッチンで父が片方の腕をつかみ、母がもう片方を離した拍子にぶん投げられた。私は調理台に叩きつけられて体じゅうアザになった。母はとりわけ怒り方に長《た》けていた。食事の席で、私のほうをいっさい見ず、物も言わずにジャガイモにフォークの切《き》っ先《さき》を突き刺して私に警告した。母の無言は、今まで母に言われたどんな言葉よりも恐ろしかった——

アイオーナ、いいかげんにしないと次は手の甲だよ。

あたしをどれだけ苦しめれば気が済むの。

あたしがいなくなってから後悔したって遅いんだ。

ふいに、もう何十年も忘れていたある記憶がよみがえる。母が食卓の横に立って雑誌をぱらぱらめくり、それからその雑誌を持ちあげて部屋の向こう側にいる私を見た。夏だった。私はカウチに座ってテレビで何かを見ていた。十七歳で、ふてくされていた。母が持ちあげた雑誌をぱたぱた振ってみせた。

これ、やってみたらどうかしらね、と母は言った。

どうせ裁縫とか、カトリックがどうのとか、もっと女の子らしくしましょうとか、そんなことだろう。私はものすごく重要なものが映っているみたいにテレビをにらみつけた。

一冊たったの一ペニーで、と母は言った、四冊買えるんだって。本が一冊一ペニー。ここに載ってる中からどれでも好きなのを選べるの。あとは向こうの〈今月の本〉っていうのを一冊買うだけ。そうするとそれから一年間、毎月〈今月の本〉を送ってくるんだけれど、いらなければ返品してもいい。ほら、ここにある本どれでも一ペニーだってよ。ウィリアム・シェイクスピア選集。これなんかあんたにぴったりなんじゃないの。

え？　と私は言った。なぜなら私は大学の英文科に進むのを許してもらおうと、もう一年近くも戦ってきたからだ。法科でも語学科でもなく、将来まともな職業につけないことが約束されたような学科に。今もそのときの様子が目に浮かぶ。子供みたいに、あるいは絶望的に不得手な外国語が思いがけず相手に通じた人みたいに目を見開き、顔を輝かせて食卓に近づいていく自分と、開いたページを得意げにかかげて私に見せている母と。

私たちはシェイクスピア選集と辞書と類語辞典と引用句辞典を注文した。四週間後、全部が一つの箱に入ったものが郵便受けに届き、それといっしょにハードカバーの〈ブッククラブの今月の本〉が送られてきた。アン王女と愛馬たち、という本で、アン王女と馬たちのカラー写真がたくさん載っていた。母は大笑いした。それから本の値段を見た。

その翌月の〈今月の本〉は王宮についての本だった。その翌月はエドワード朝時代のとある英国女性の評伝。さらにその翌月はキツネ狩りの歴史。本は毎月届きつづけた。庭園や王室メンバーの立派な屋敷についての、光沢紙にカラーの図版がたくさん載った、ごつくて高価なハードカバーで、母は八日以内という短い返却可能期間内に返品するのをいつも忘れて、全部を買うはめになった。本は奥の部屋のコーヒーテーブルの下の床に積まれ、学期末に帰省するたびにさらに数が増えていった。

あの誰も読まない本はどうなっただろう、今どこにあるのだろう、手つかずのまま今も父の家のどこかにあるのだろうか、と考えているとタクシー運転手の声がする。私は目を開ける。運転手の頭上の赤いライトが光っている。

ほら、すぐ近くまで来ましたよ、と彼が言う。

その声の後ろでミドルクラスの女性の声が、二十ヤード先を左折してくださいと言うのが聞こえる。

もうすぐ家ですよ、と彼が言う。

もうすぐ家ね、と私も言う。

車は狭い道の左右に停まった車のあいだを慎重にすり抜け、私の家のある狭い道に入っていく。運転が上手だ。

寝ながら笑ってましたね、と彼が言う。きっといい夢だったんでしょうね。

車は私の家の前で停まる。メーターの料金は私が思っていたほど高くなかった。運転手があらかじめ言っていた、まさにその通りの金額だ。財布からお金を出して数え、チップをはずもうとコインをかき集めながら、私は彼に訊いてみたくなる。ワシームは誰がつけてくれた名前なの？　お母さんそれともお父さん？　誰かの名前をもらったの？　何か意味があるの？　どんな意味なの？　あなた結婚はしている？　子供はいる？　両親は今も生きている？　年取って薬を飲まなければならないのに飲もうとしない？　ルートンで生まれ育ったの？　どんな子供時代だった？　ボクスホールの工場が閉鎖になっておおぜいの人が失業したあとのルートンはどんなふうなの？　私たち、あてずっぽに好きな場所を選んでそこまでドライブすることはできないの？　行き先を決めずに、行けるところまで行ってみることはできないの？　ナビゲーション・システムのスイッチを切って、なりゆきまかせでどこかに行くのではだめなの？

　私は車を降り、お金を払う。

　ありがとう、と私は言う。

　お客さん本、と彼は言う。忘れないで。

　私は手を伸ばし、シートの上にあった本を取る。

　彼は腕時計を見ている。やあ、と彼は言う。いいタイムだ。選んだ道が良かったんですね。ラッキーでした。

　彼がレシートの裏に携帯の番号を書き、私は次に家に帰るときは電話する、と言う。彼の車が道の先まで走り、角を曲がって見えなくなる。私は鍵を出し、玄関のドアを開け、中に入ってドアを閉める。

信じてほしい

じつは私、浮気してるの、と私は言った。

まさか、とあなたが言った。

日曜の朝だった。外では教会の鐘が鳴り、どこかの家で芝を刈る音がした。九月だった。芝を刈る日は、今年はもうあと何日もないだろう。そのすこし前、私はあなたにコーヒーを淹《い》れてあげ、あなたはクロワッサンを買いに出て、もどってくると服を床に脱ぎちらかし、ベッドの私の隣にまたもぐりこんだ。いつものように。あなたは私のお腹に後ろから腕をまわし、背中に頭をつけた。

嘘《うそ》じゃないよ、と私は言った。信じないの？

浮気なんかするわけない、あなたが私の背中で言う。

うん、たしかにそう、と私は言った。浮気はしてない。浮気だなんて、そんな軽いものじゃない。

じつは私、あなたの知らない男の人と結婚してて、内緒にしてたけど子どもも三人いるの。

へー、とあなたは言う。

毎日家を出て仕事に行くと見せかけて、じつは自分の子どもたちに会いに行ってるの。

べつの人の家に？　とあなたは言った。

ま、自分の家でもあるわけだけど、と私は言った。

で、一日じゅうそこにいるわけ？　とあなたは言った。八時半から六時まで？

やることは山ほどあるの、と私は言った。朝ごはんの後片づけして、お皿洗って、アイロンかけて、ベッド直して、掃除して——

ヘルパーさんを頼めば？　とあなたが言った。

——お午《ひる》に子どもたちが帰ってくるから昼ごはんの用意しなきゃならないし、ほらもう新学期が始まってるし、それから遅刻しないようにまた送り出して、昼ごはんの片づけして、三時半になったら学校までお迎えに行って、ちゃんと宿題済ませるよう監督して、しかもそんなのはまだいいほうで、買い物に行ったりエリックのお母さんの面倒みたりしなきゃならない日はもっと大変。

エリックって？　とあなたが言った。

最近はネットで食べ物が買えるようになって大助かりよ、と私は言った。それでどれだけ時間が浮いたことか。たまにあっちの家の食卓で、独りで座って雑誌をめくったり本をちょっと読んだりする時間もあるくらい。

あなたに私の知らない食卓があるなんて信じられないな、とあなたは言った。それに子どもたちを紹介してくれないのも信じられない。あなたの子どもだったらぜひ会ってみたいな。名前はなんていうの？

十二歳の子がベン、スキーがすごく上手でね、と私は言った。去年なんか学校で屋内スキーの賞とったのよ。六月の表彰式で、あの子が賞状と賞品の本を渡されたときは感激したなあ。夫婦して狂ったみたいに拍手しちゃった。あの子を理解してくれる学校を探すのにずいぶん苦労したけど、パークサイドはすごく合ってるみたい。あの子、勉学の方面ではちょっと、なんて言うか、マイペースなところがあるんだけど、それもいずれ追いつくでしょうって言ってくれてるし、補習にも通わせてるし。あの子、算数はすごく好きなの。父親似なのね。

お父さんは算数が好きなんだ、とあなたは言った。

うん、学生時代はそうだったみたい、と私は言った。

でもあなた数学苦手だったよね、とあなたが言った。

両極は引き合うって言うでしょ、と私は言った。その次がアマンダ。アマンダは十歳で、この子はすっごいボス猿タイプ、男子も口で言い負かしちゃう。歌ったり踊ったりお芝居したりが大好きで、しかもすごく上手なの。タップダンスのお教室に通わせてるんだけど、先生が言うにはリズム感がすごく発達してるんだって。おまけにこんど一人で学校新聞も始めようとしてるらしくて、いずれ大物ジャーナリストになるんじゃないかな、すごく文才があるし。

それで二人、とあなたが言った。あと一人は？

末っ子《ベイビー》ね、と私は言った。ジョナサン。七歳。

その子のことお気に入りなんだね、とあなたは言った。声の感じがまるでちがう。

そう、私のベイビーなの、と私は言った。

それにしても、どうやって今までずっと隠しとおせたの、とあなたは言った。

そこはうんとうまくやったのよ、と私は言った。

どんなにうまくやったって妊娠までは隠せないでしょうよ、とあなたは言った。三回も妊娠出産して、どうやって気づかれずに済んだわけ？

なるべく食べないようにしたの、と私は言った。そこはすごく気をつけた。妊娠中のほうがむしろ痩《や》せてたくらい。それにほら、私ときどき会議だって言って出張することあったでしょ？

あの、週末ずっと留守にする？　とあなたは言った。

覚えてるかな、十年前にハワイに行ったことがあったの——と私は言った。

二週間ずっと行きっぱなしで、帰ってきたらすごい時差ボケになってた、あれ？　とあなたは言った。

難産でね、と私は言った。アマンダのとき。逆子だったの。帝王切開にしましょうって言われたんだけど、私はいやだって言ったの。

そのきれいなお腹に傷をつけたくなかったんだね、とあなたは言った。

そう、と私は言った。それに傷のことあなたになんて説明すればいい？

でもさ、お土産にくれた〈アイ・ラブ・ホノルル〉って書いてあるTシャツ、あれは何だったわけ、とあなたは言った。

あれはね、ちょっと手をまわしたの、と私は言った。でも私、手をまわすのは得意だから。

で、いったいいつからそんな二重生活を送ってたわけ、とあなたは言った。

あなたに会ったその日から、と私は言った。

え、そんなに？　とあなたは言った。そこから今までずっと？

あなたと出会った同じ日にエリックとも出会ったの、と私は言った。

エリックっていうんだ？　とあなたは言った。

そう、エリック、と私は言った。なんかおかしい？　なんで笑うのよ？　ひとの夫の名前を笑いものにしてほしくないんだけど。

エリックって、なんか間抜けじゃない、とあなたは言った。架空のキャラにしてもあり得ない。

エリックは架空のキャラなんかじゃありません。私の夫なの。もし本人を知ってたら、あなただって間抜けだなんて絶対思わないはず。

で、そのエリックも私ぐらいこれが上手なわけ？　あなたが私のお腹に唇を這《は》わせながらふとんの中から言い、私の太腿《ふともも》を抱えこんで、私をふとんの中に引きずりこんだ。

二人を比べるなんてできない。いっしょにまたふとんの外に出てきて、愛し合ったあとの乱れた息がやっと落ちつくと、私は言った。だってそうでしょ？　エリックは私の夫。あなたは私の恋人。それぞれ役割がちがうし、満たしてくれる欲求もちがうの。

なんだかがっかりだなあ、あなたがベッドの上に起きあがって言う。あなたがそんなに非ラジカルな人だとは思わなかった。

非ラジカルなんて言葉はないでしょ、と私は言った。

だってさ、とあなたが言った。せっかくまるきりべつの人生を創作できるチャンスだっていうのに、そのざまはどうよ。

創作ってどういうこと？　と私は言った。創作なんかしてません。

その気になれば何にだって、どんなものにだってなれたのに、とあなたは言った。たとえば、そう、スーパーヒロインでもいいし。ＭＩ５のスパイでも、政府の要人でもいい。

は？　私がウソついてるっていうの？　と私は言った。

女盗賊にだってなれたし、放浪の果てにサーカス団に加わってゾウに足をビーチボールにのっける芸を仕込むことだってできたし、ええと、リッチなセレブの親友兼アドバイザーになってキム・ベイシンガーのごたごたを解決してあげたり、テレビに出てるあのおじさんを牢屋から救い出してドラッグのリハビリ施設に入れることだって――

あのおじさんって？　と私は言った。

名前は知らないけど、とあなたは言った。ほら牢屋に入った、あの痩せた女の人とテレビ番組に出てた。

痩せた女の人って？　と私は言った。

私の嫌いなあの番組の、とあなたは言った。そんなことはどうでもいい。要はさ、あなたは国連の平和維持活動のエキスパートになることだってできたし、医者になって狂牛病から人類を救う治療法を見つけることだってできた。なのに何？　夫だの、子どもが三人だの、姑《しゅうとめ》だの。やれやれ。

言っとくけどね、と私は言った。エレインはほんっとに最悪なんだから。

エレインって？　とあなたが言った。

だから姑、と私は言った。あの女が私のことでエアにどんなひどい嘘ついたと思う？

誰に嘘ついたって？　とあなたは言った。

エア、と私は言った。エリックの略。

はッ！　とあなたは言って、ふとんを両手で叩いた。これ以上聞いていたら気が狂いそう。

私だって発狂寸前よ、と私は言った。だってあの女、私がじつはアル中で一日じゅう家で飲んだくれてるだなんて大嘘をうちの人に言ったのよ。夜、私がいないすきに彼に電話して、あることないこと吹きこんでるにちがいない。たぶん私が浮気してるとかも言ってると思う。彼をそそのかして、子どもたちを取り上げて私を追い出そうと画策してるにちがいない。ま、そんなことを真に受けるエアじゃないけど。

だよね、とあなたが言った。だってあなたを信じてるから、でしょ？

ま、自慢じゃないけど、と私は言った。お互いのことを知りつくしてるから。でもこないだウィスキーのデキャンタを見たら、あれ絶対に埃《ほこり》じゃないと思うんだけど、外側にぐるっと中身の高さにチョークで薄く印がつけてあったの。それにほら、電話に出ると聞こえる、あのカチカチって音――

それって例の、誰かがこっちの会話を盗み聞きしてますっていう、あれ？　とあなたは言った。つまりあのカチカチのこと？

そうそれ、と私は言った。あいつがどんな女か、これでわかったでしょ。私、昔からずっと嫌われてた。彼と結婚したときからずっと。

こんな人と一つベッドに寝てるとは信じらんないな、とあなたは言った。あまりに紋切り型すぎて、ぜんぜん真実味がない。

本当だってば、と私は言った。いま言ったこと一から十までぜんぶ本当。私があなたに嘘ついたことが一度だってある？

で、エリックとベンとアマンダとジョナサンとエレインは、あなたが今この瞬間どこにいると思ってるの、とあなたは言った。毎晩、毎週末、それにクリスマスやイースターや祝日のたびに、あなたがどこに行ってると思ってるわけ？

すごく多忙なのよ私、と私は言った。今風《いまふう》の女ですからね。私には私の人生があるって、みんなわかってるの。

さっきからずっと気になってたんだけど、とあなたが言った。

何よ、と私は言った。

おたくのエリック、見た目はどんな感じ？　とあなたは言った。

どうして、と私は言った。

まあまあいいから、とあなたは言った。たとえばチョビ髭《ひげ》を生やしてたりする？

まっさか、と私は言った。エアはそんなんじゃありません。

だよね、とあなたは言った。私のもそう。じゃあ、頭が薄くてちょっと小太りとか？

全然ちがう、と私は言った。私のエアはまさに男盛りだから。

だと思った、とあなたは言った。

どういうこと？　と私は言った。それに〝あなたの〟もチョビ髭生やしてないって、それどういう意味？

じつは言わなきゃいけないことがある、とあなたは言った。

何なの、と私は言った。

じつは私、浮気してるんだ、とあなたは言った。

まさか、と私は言った。

エリックっていう男の人と、とあなたは言った。あなたの話からするに、たぶん同じエリックだと思う。

私のエリックと？　と私は言った。

まあ私のエリックでもあるわけだけど、とあなたは言った。

あり得ない、と私は言った。

リックとは幼なじみで、とあなたは言った。小学校がいっしょだった。たしかに彼、算数が得意だった。子ども時代をいっしょに過ごして、それからべつべつの人生を歩んだ。今じゃ彼は良きお父さん。

ちょっと、私のもう一つの人生のお株を奪わないでよ、と私は言った。

彼は昼間、奥さんには仕事に行くと見せかけて、こっそり私と会っている、とあなたは言った。

彼のお母さんのエレイン、今じゃもうすっかり年取っただろうな。エレインとうちの母親が友だちどうしで、よく町営住宅の裏口に二人で立って、タバコ吸いながら笑ってたっけ。

あーはいはい。私のエアは町営住宅なんかに住んでなかったから——と私は言った。

リックはそこのところは必ず嘘をつく。育ちが悪いのを恥じてるからね、とあなたは言った。つつけばあちこちボロが出る。嘘で固めた人生だから。

どういうことよ、と私は言った。

たとえば彼の奥さん、とあなたは言った。

奥さんがどうかしたの、と私は言った。

いや、かわいそうだなって思って、とあなたは言った。夫には浮気され、いつも家で独りぼっち。一日じゅうお酒を飲むか、でなきゃあのどうしようもない子どもたちにかかりきりになるか。いちばん上のあの子なんか、まるっきり非行少年だし——

あの子が何って？　と私は言った。

警察沙汰だの少年院だの、とあなたは言った。それにあのろくでもない妹。まだ十歳なのに「オッドビンズ」でウオッカを万引きしてるところを捕まって、警察に家まで護送されたんだけれど、さすがの警察でもあれほど口汚い子どもにはお目にかかったことがなかったって話。バレエのチュチュ着てパトカーから降りるまぎわ、警官たちに向かって言うわ言うわ、聞くに耐えないクソミソの嵐。あんなクソ汚い罵詈雑言、ちょっとほかで聞いたことないってぐらいのクソミソ。そしてあの末っ子。〝ベイビー〟ってみんなに呼ばれてる。

あの子がなによ、と私は言った。

あの子はほんとに可愛いよね、とあなたは言った。お母さんの大のお気に入り。だって彼女に生き写しだから。父親の面影なんてゼロ。というのはね、じつは彼との関係のことなんだけど。

なに？　と私は言った。

思い切って白状してしまうとね、とあなたは言った。

早く言って、と私は言った。

私が今も彼とつきあってるのは、あの奥さんがいるからなんだよね、とあなたは言った。

奥さん？　と私は言った。

すごくきれいな人、とあなたは言った。かわいらしくて。はっきり言って、もうどうしようもないくらい彼女に恋してる。リックのそばにいるのは彼女のそばにいたいから。すごく可能性に満ちた女性なんだ。彼女ならきっともっといろんなことができると思う。

チャンスさえあればね、と私は言った。
そう、そのとおり、とあなたは言った。

私たちは愛し合った。午前中ずっとし続けて、午後にまでなだれこんだ。あなたが私の太腿を押しひらいたのが始まりで、そのやり方があまりに優しく、あまりに確信に満ちていたので、私ははっとなって言いかけた言葉がとちゅうで途切れ、そして息を吸いこんだ、するとあなたは私の腿のあいだに割って入り、私のお腹の細い毛の筋を舌でたどって脚のあわいまで降りていくと、そこからまた上がってきて私の上におおいかぶさってキスをした、大っぴらに、私を知り尽くしている巧みさで、それからこんどは私があなたの上になった、なぜなら私はあなたのことを本を読むように読むことができるから、そして大好きな本というのは、それが良い本ならば、音楽のようにつねに変化しつづける、何度も読んだ本だから知り尽くしていると最初は思う、もちろんそうだ、もちろんその本を読む喜びはよく知っているということの中にある、ところが読みはじめると、今まで聞いたことのない旋律が背景に聞こえてくる、ページをめくるごとに見たことのない言葉の組み合わせが目の前にあらわれる、たしかに知っている本のはずなのに、それはまるでちがう本のようで目《め》眩《まい》がしてくる、読むたびにそれが起こる、そればかりか読んでいる自分までまるでちがう人間になった気がする、読みながら私はそのたびにまったくちがう人間になる、そんなふうにあなたは私にとってすばらしい本で、そしてお互いがお互いにとってそうなのだ、そのためにはリズムの才能が必要で、でも幸運にも私たちはお互いを読むことにかけてすばらしく才能がある。
私たちは午前中ずっと愛し合って、午後にまでなだれこんだ。時が過ぎた。窓の外では木々の葉がほんの少しちぢれ、秋のはじめの深い緑色になった。九月の日曜日だった。九月にたったの四つしかない日曜日。雲は高く、ツバメたちはひと月後には南に旅立っていき、来年の夏にまたもどってくるだろう。

スコットランドのラブソング

ヴァイオレットは完璧に正装したバグパイプの楽隊につきまとわれていた。これほどたくさんの大柄な男たちが家にいて、しかも食事を出さなくて済むだなんて、はじめてのことだった。楽隊はキルトの裾《すそ》ひるがえして居間を行進し、いちばん背の高いパイプで天井をこすり、ドア枠やカーテンレール覆いにぶつかって帽子が斜めに傾いた。置き物はふっとんだ。キャビネットのデキャンタやグラスはちりちり鳴った。行進しながら階段をのぼりおりし、踊り場の敷物はぐちゃぐちゃになった。寝室のカーテンは乱れ、壁の絵は斜めに傾いた。

楽隊は昼も夜もお構いなしにやって来て、いつも同じ曲を演奏した。大音量に家全体がふるえた。彼らが去ったあとまでふるえつづけた。かがみこんで物を拾うヴァイオレットの手もふるえた。膝《ひざ》が痛むのでそうっとかがみこんで、またコマドリを拾い、ズアオアトリを元の枝にもどし、愛を語らう若い恋人たちを柵のあちらとこちらに配置しなおす。二階に上がると階段がきしむのを足の裏に感じるが、音は聞こえない。額縁の傾きを直す。池に浮かぶ水鳥の絵のガラスに自分の顔が映っている。十歳は若返って見える。おやまあ、ヴァイオレットは大声で言う。独り言というよりは、滝のすぐ近くで声を張りあげるようにして。頭の中でさっきの曲が大音量で鳴りひびいているものだから、何も聞こえないのだ。悲しかった。愉快だった。こういうのを刺激というんだろうか。踊り場でかがみこみ、敷物をまっすぐに直した。それから自分もまっすぐになり、階段を下りていった。

どこの誰だかわからないお嬢さんも、最近ちょくちょくこの家を訪ねてくる。バスに乗って、わざわざダルストンくんだりまでやって来るのだ。若くて、まだ結婚していなくて、ほかにすることもないんだろう。いつも自分の家の近所の高級な店で買ったケーキだのビスケットだのを持ってくる。きっとひもじい思いなんかしたことがないんでしょうよ。そのお嬢さんが、今日もまた家にやって来た。

こんどは何の用？　ヴァイオレットは言った。

まったく迷惑だ。老人相手のボランティアなのだ。肌はつるんとして、顔だちもいかにもいいところの出といった感じに整っている。どのみちヴァイオレットには相手の返事は聞こえなかった。

二人は居間の暖炉の前に座った。

あなた、家の中でそんなもの着てても仕方がないでしょう、ヴァイオレットはどなった。

お嬢さんは上着を脱いだ。

寒いでしょう、ヴァイオレットはどなってヒーターのスイッチを入れた。

お嬢さんはセーターも脱いだ。若いからすぐ体があたたまるのだ。お嬢さんはキッチンで紅茶を淹《い》れ、ポットとカップと高級な店で買ったもののった皿をトレイにのせて運んできた。

このお嬢さんとバグパイプの楽隊のほかにも、この家にやって来る人たちはいた。必要なときには受話器に向かって叫べば医者が往診に来てくれた。月に何度かは彼女の娘もやって来た。一人のときもあれば夫連れのときもある。一人で来ると、娘は新聞の不動産売買の欄を見たり、家の中を歩きまわっていろいろな物を手にとって眺めたり、また元にもどしたりした。娘が向かいに座ってキャビネットのグラスの数をかぞえるのをヴァイオレットは見ていた。グラスがクリスタルかどうかはね、指でピンとはじいてみるとわかるのよ、彼女はまだ小さかった娘にそう教えたものだった。嫁いでからこっち、ヴァイオレットの家はいつもグラスだらけだった。六〇年代、七〇年代は着色グラスのいいものが本当にたくさんあった。あの子が立ち上がってキャビネットを開いてグラスを指でピンとはじいてくれればいいのに、とヴァイオレットは思った。延々と鳴りつづけるバグパイプの音の中で目を閉じて、想像してみた。娘が椅子から立ち上がり、キャビネットのガラスの引き戸を引いて開け、ワイングラスの一つを選び、ほかのものに触れないようにそれを棚から出し、ピアノの調律に使うあの音叉《おんさ》みたいに柄の部分を持って耳に近づけ、グラスが本物かどうか確かめるために、今しも指でピンとはじく構えをする。けれども目を開くと娘は微動だにしていなかった。椅子に座ったまま、キャビネットの横のワゴンを値踏みするように見ている。娘の口が動いた。何か言っているのだ。

　あげるわ、ヴァイオレットはハエを手で払うようなしぐさをしながら言った。いらないから持っていって。

　娘の最近の夫は、ガレージで何やら物を作る仕事をしている。ヴァイオレットのほうから娘夫婦宅を訪ねていくと、この夫はいつもガレージにいて何か物を作っていた。向こうがこっちを訪ねてくると、夫はたいていドアの横に立つか、椅子の背にもたれかかるかして、一人で来るときよりもずっと口数が多くなる娘の話にじっと耳を傾けている。どのみちヴァイオレットには何も聞こえなかった。耳の中にあるのは、まだ家の外にいるうちは小さく、中に入ってくると大きく響きわたるパグパイプの音だけで、なのにこの夫婦は気づきもしない。聞こえもしないし見えてもいない。こないだの水曜日なんか、パイパーたちは――体の前に行儀よくスポランを提げ、ガーターであちこち留めているのに、いつも戦《いくさ》を一つ二つくぐり抜けてきたあとみたいに見える――せまいキッチンに立つ二人のすぐ目の前で8の字を描きながら、この通り一帯の家々のドアの下に誰かが入れていった生命保険のパンフレットを食卓の前に立って読む二人に、勇壮な伴奏をつけてみせた。ヴァイオレットは手を叩いて大声で笑った。娘と亭主はちらっと目くばせをし合った。ひとのことを年取って耄碌《もうろく》したと思っているのだ。ヴァイオレットはサイドボードの上の欠けたりひびが入ったりした置き物を指さして、見てあれ、とどなった。二人はパンフレットの続きを読みだした。ねえ死んだら八万ポンドもらえるんですってよ、お母さん。

　ヴァイオレットは我に返った。いま目の前の椅子に座っているのは娘じゃない、例のお嬢さんだ。午《ひる》からずっと居すわっている。若いから、膝を折り曲げて体の下にたくしこんでいる。まるでこの家の飼い猫みたい。なんでこの人ここにいるんだろう。これまで何度も家に来たけど、まだ名前も知らない。

　お嬢さんがこっちの視線に気づいた。脚をもとにもどした。きちんと座りなおす。

　あなた、あそこへは行ったことがある？　とヴァイオレットは言った。

　お嬢さんは、わからない、という顔をした。

だからカナダよ、ヴァイオレットは声を張りあげた。カナダへは行ったことがある？

お嬢さんが首を横に振る。

じゃあ、あの滝のある場所にも行ったことがないの？　あなたみたいなお金持ちならどこでも好きなところに行けるでしょうに。

お嬢さんは黙ってほほえむ。

あなたね。あの滝の音といったら、そりゃもうすごいの。何マイル先からでも聞こえる。あたしたち、何マイルも手前からそれを聞いたの。滝口のところに立ったらもう何も聞こえやしなかった。だからあたしは世界の七不思議の一つは見たって言えるわけ。世界の七不思議の一つを聞いたとも言える。そんなこと言える人が、いったいどれくらいいると思う？　世界じゅうの何百万人っていう人間のなかで？　一九五三年だった。ダンスホールってものがあってね。知っている？

お嬢さんがうなずく。

もしかしたら今とぜんぜんちがう人生になってたかもしれない。地球の反対側にいて。お嬢さんの口が開き、ええ、という形に動く。

あなた、行かなきゃ、とヴァイオレットは言った。

お嬢さんはうなずいて、お皿やカップをトレイの上に積み重ねはじめた。

いえいえ、帰れっていう意味じゃないの。あなたもあそこに行きなさいってこと。カナダのあそこ、なんてとこだったかしら。

お嬢さんはほほえんで腕時計を見た。トレイを持ちあげると、のせたものがぜんぶ片方に滑っていった。トレイの扱い方がからきしわかっていないようだ。トレイの上のものがまた滑って反対側にがちゃっと当たったが、がちゃっの代わりにヴァイオレットに聞こえたものは、パイパーたちが上の階で立てる音だった。古い革の袋から押し出される空気が作る音、音楽の形をした、あの胸をゆさぶる音。バグパイプのあの袋って革でできてるんだろうか。わからない。なにしろ丈夫なものにちがいない。あんなにたくさん空気が入るんだから。楽隊は上の階のちょうど頭上あたりで演奏している、寝室か、それとも屋根裏部屋か。あそこにある箱に入った写真も、つくねたいろいろな物も、もう見ることもない。行進のじゃまなら好きに蹴とばしてくれていい。いくらでも荒らせばいい。もうどうだっていいことだ。

　例のお嬢さんが、いつの間にかまた居間にもどっている。セーターを頭からかぶった。この家での持ち時間が終了したのだ。

　うちの娘ね、ジーンっていう名前なのよ、とヴァイオレットは言った。ジーン・シモンズから取ったの。あなた知らないでしょうね、ジーン・シモンズ。

　お嬢さんのポニーテールがセーターの襟首《えりくび》からぴょこんと出た。

　ジーン・シモンズって女優さんがいたのよ、とヴァイオレットは言った。

　お嬢さんが何か言った。上着のポケットをまさぐって何か出した。小さな本だ。手のひらにのるくらいの。お嬢さんが真ん中あたりのページを開いた。中は何も書いてなかった。こんどは上着の反対側のポケットをさぐってペンを出し、何か書いてヴァイオレットに見せた。ヴァイオレットは本を受け取って、目にうんと近づけた。お嬢さんは自分の住んでいる場所を書いたのだ。あのあたりのお屋敷なら、内部《なか》を知っている家が何軒もある。昔、お金持ちの人たちの家を掃除する仕事をしていたから。今はもう、人もすっかり変わってしまっただろう。

さっき言った場所ね、とヴァイオレットは言った。名前が思い出せないのよ。

お嬢さんは本を受け取って、また何か書いた。ヴァイオレットは目を細めてそれを読んだ。最初の〈チェルシー〉の下に〈カナダ〉とある。ヴァイオレットは相手に本をもどした。

そうじゃなくて。あの滝のある場所。あそこの名前が思い出せないの。

お嬢さんがまた何か書いた。それからそのページをこちらに向けた。単語が二つ、そのあとにクエスチョンマークが一つ。〈ナイアガラ　フォールズ　？〉

そうそれ、とヴァイオレットは言った。そうだった。ナイアガラ。滝口のすぐ近くまで行くと、もう目の前ぜんぶ水。上のほうはふつふつ煮えるお湯みたいに滑らかで、それがいきなりドンと落ちるの。今でもきっとああなんでしょうね。見たらきっと信じられないわよ、人が樽《たる》の中に入ってあそこを落ちて無事だったとか、滝から落ちて底のほうまで沈んで、それでも助かった人がいるとか。でもほんとにそういう人がいるの。もちろんそうじゃなかった人もいるけど。いいこと、とヴァイオレットは言った。聞いて。そうしてまた腕時計を見ようとした相手の腕をつかんだ。

何を、とお嬢さんの口が動いた。あるいは誰、なのか、待って、だったかもしれない。ヴァイオレットは座りなおして、できるだけ背筋をしゃんと伸ばした。咳《せき》ばらいをした。つばを飲みこんだ。喉《のど》をえへんとやった。彼女は上の階にいる自分のパイパーたちがテンポの速い哀歌の出だしにふたたびもどるまで待った。足をこつこつ踏みならしてリズムを取りながら、彼女はその歌をお金持ちのお嬢さんに歌って聴かせた。

夜中、チェルシーは友だちのアマンダの夢を見た。裸だった。チェルシーがこの夢を見るのはこれがはじめてではなかった。緑ゆたかな、白い屋敷の立ち並ぶ通りを歩きながら、彼女は（チェルシーはチェルシーに住んでいるのだ）必死にほかのことを考えようとした。彼女は空気力学について考えた。大気中の窒素と酸素の含有量について考えた。ウォーターマンさんが、まるで谷のあっち側とこっち側で話すみたいにいつも大声でどなることについて考えた。地球の反対側ではそろそろ冬が終わって春になるころで、こっちは冬がそろそろ始まるというのに妙に暖かいことについて考えた。一年のこの時期にしては暖かすぎた。もしもこのまま地球温暖化が進んだら気候変動がどうなるかについて彼女は考えた。ハイドパークの真ん中にある池について考えた。微生物の水中での呼吸について考えた。アマンダが微生物学者であることについて考えた。いちど、アマンダがスコットランドのテイ川からメールを送ってきたことがあった。〈**いまわたし、全身すっぽり防護服着てテイ川のど真ん中！　わたしと何百億の微生物たちより、愛をこめて！**〉それは去年、まだアマンダがこっちにいたときのことだ。裸のアマンダはフトンの上であぐらをかいて、まっすぐこちらを見つめていた。チェルシーは真夜中にぐっしょり汗をかいて、だめ、と言って目を覚ました。対流圏、圏界面、オゾン層、成層圏、チェルシーは頭のなかで唱えながらデリのドアを押した。このデリはとてもいい店だ。世間の評判も最高だ。成層圏界面、中間圏、中間圏界面、熱圏、オーロラ。大気には層がある。チェルシーは各層の名前を正しく言うことができる。

　デリで、キルトを着たおおぜいの男たちがチェルシーの後ろに並んだ。チェルシーがデリを出ると、男たちも出た。ぴったり後ろをついてくる。チェルシーは歩道の真ん中で立ち止まり、回れ右をした。彼らは彼女のすぐ耳元で大音量で演奏した。チェルシーは控えめに笑った。男たちはものものしく正装していたが、泥はねだらけで、どこかで野宿したあとのように見えた。

チェルシーはバッグの中の小銭を探した。数ポンドを歩道の上、一人の男の大きなバックルのついた靴のそばに置いて、ありがとう、というジェスチャーをした。男は見向きもしなかった。それだけではなかった。あごひげを金のほうにぐいと向けた。気を悪くしたらしい。もしかしたらこう見えて、なにか公的な団体なのかもしれない。V&A*となにか関係があるのかも。

だが彼らは彼女のあとについてぶうぶう、ぱあぱあと奏でながら、V&Aの正門の前を素通りし、ブロンプトン通りまでついてきた。彼女はちょっと小走りになった。やがて走り出した。観光客の群れをかき分け、びゅんびゅん通る車をかいくぐって通りの反対側に渡った。ハロッズに飛びこんだ。ドアマンがドアを押さえてくれた。きっとあの人たちは入れてもらえないだろう。けれども彼らは入ってきて、あいかわらずすさまじい音を鳴らしつつ、あいかわらず彼女のあとをついてきた。ガードマンも何の助けにもならなかった。男たちは食品売場を抜けてもついてきた。宝飾品売場を抜けてもついてきた。彼女がUターンすれば彼らもそうした。彼女の後ろについて、窮屈《きゅうくつ》そうにかたまってエスカレーターに乗った。彼女は動くレールに手を置いて、素知らぬ顔でまっすぐ前を向いていた。それでも彼らは唸り、吠え、叫び、いななき、ぶうぶう、ぴいぴいと奏でながら書籍コーナーを、玩具売場を、革製品売場を通り抜けてついてきた。チェルシーが階段を下り店の外に出ても、まるで彼女が楽隊のリーダーであるかのように、ぴったりあとをついてきた。楽隊は彼女の後ろを練り歩きながら地下鉄のナイツブリッジ駅までついてきたが、彼女は荷物預りゲートをくぐり抜けて彼らをまくことに成功した。

＊ロンドンにある国立博物館。芸術、デザインを専門とし、数百万点の膨大なコレクションを所蔵する。

乗ったのは空港行きの電車だった。チェルシーは目についた最初の空席に座った。座って息をひそめた。きっと今ごろあの人たちはまだ上にいて、券売機のところで小銭を出すのに手間取り、あの衣装やら楽器やらでかさばる体で自動改札機をくぐり抜けるのに難儀していることだろう。電車が発車した。向かいの席の男の人は新聞を読んでいた。その隣の女の人は宙の一点をぼんやり見つめていた。チェルシーはデリの箱を開き、中のスシが無事かどうか確かめた。箱を閉じ、目を閉じた。電車が次の駅に停まり、ドアが開くと、前の車両からか後ろの車両からか、彼らの野太い鳴き声が一瞬聞こえ、またドアが閉まった。向かいの男は何事もなかったかのように新聞を読んでいた。隣の女は宙を見つめていた。さらにべつの女も宙を見つめていた。車両の端の女は新聞を読んでいた。べつの女は本を読んでいた。ドア付近には何人かがかたまって立ち、電車に合わせて揺れていた。短パン姿の観光客が二人、一つのリュックサックに寄りかかっていた。チェルシーは汚い床を見た。リノリウムに灰白色の点々が散って、足の下に作り物の星空があるみたいだった。ひと駅ごとにドアが開き、人々が降り、べつの人々が乗りこみ、そのたびに前からか後ろからか聞こえてくる彼らの音色は電車の外に漏れだし、地下鉄のトンネルの網目にまで響きわたった。

電車が終点のヒースロー空港に着き、また引き返すあいだも彼らは同じ曲を何度も何度も繰り返し吹き、やがてチェルシーが電車を降りて地上にあがっても、まだ吹きつづけた。

みなさん、コーヒーかお茶でもいかが？　数時間後、チェルシーはとうとうそう言った。

パイパーたちは居間のコーヒーテーブルを囲むように立って演奏をつづけた。玄関口からなだれこんで以来、ずっとその場所を動かなかった。玄関ドアは開いたままだった。息を吸いこみ吹きこむのに合わせて、彼らの胸が大きく波うった。ちがうリズムで吸ったり吐いたりしながら、みんなで同じ曲を吹きつづけた。タータンの布を張りめぐらせたパイプが、まるで木の枝が生えているみたいに肩から突き出していた。斜めにかしいだ呼吸する木々が、両親と暮らすこのフラットの床からにょっきり生え出たよう。彼らに話しかけるのは木に話しかけるのと同じくらい無意味だった。何か召し上がる？　チェルシーは言ってみた。こちらには長く滞在するんですか？　今までどんなところで演奏しました？　どなたか旅行したことのある方は？　オーストラリアとか？　わたし、ついこないだ行きました、メルボルンにしばらく泊まったんです。メルボルン、知ってます？

　そのときも、今も、男たちはチェルシーを完全に無視した。ああもういいかげんにしてよ、チェルシーは内心思った。彼女はこの人たちが何か汚いことをしでかして、あとで床や壁を掃除するはめになるのではとうっすら恐れていた。だが彼女はお行儀がよかったので、実際に口にした言葉はこうだった。うち、ハーブティーもいろいろあるんですよ。それともワインでも開けましょうか。何かちょっとつまんだりします？

　彼らは頑として彼女以外のべつのものに目を向けていた。ただ、そのまなざしにはどこか軽蔑《けいべつ》したようなところがあった。男たちの頬が息を吸いこんでふくらみ、じょじょにしぼんでいって、またふくらむ。息が注ぎこまれるパイプが、だんだんと生き物みたいに見えてくる。鼻面の長い、三本足を上に向けた敵意むき出しの動物、それが肉屋の小屋に吊るされて解体されるのを待っている。もしも床におろしてやったら、きっとあわてふためいて恐ろしくぶざまにどたどたと走りまわり、あげく陸に上がった海の生き物みたいに窒息しそうだ。

　チェルシーは玄関のドアを閉めた。一団がむりやり入ってきたので蝶番《ちょうつがい》がゆがんでしまった。それからキッチンに行き、紅茶を淹れて飲んだ。箱に入ったままのスシをつついてみた。ぜんぜん食欲がなかった。外は雨が降りはじめていて、いつもより早く暗くなりかけていた。朝食コーナーのカウンターに立ったまま寄りかかり、本を読もうとした。だが集中できなかった。ラジオをつけてみたが、彼らの音にかき消された。すぐに切った。テレビをつけて字幕をオンにしてみたが、字幕のあるような局に自分の観たいものはなかった。これも消した。

チェルシーは居間に入っていった。

ねえもうやめてくれない、彼女は言った。

パイパーたちは渾身《こんしん》の力で吹きつづけた。

もうほんといいかげんにして、と彼女は言った。うちから出てってよ。

彼らは吹いた。彼らは力《りき》んだ。彼女と目を合わせなかった。いかにもひとを小馬鹿にしたように。

公的機関に電話して、貧しいなりをした外国人が自分の家に居すわっているがどうすればいいか、と訊《き》いてみようか。だがどこが窓口かわからなかった。かわりにチェルシーは母親が泊まっているヘルシンキのホテルに電話をした。

？　母親は言った。

ごめんなさいよく聞こえない、とチェルシーは言った。

ママ寝てたのよ、と母親は言った。まったくいま何時だと思ってるの。なにか用？

え？　とチェルシーは言った。

え？　母親も言った。回線が悪いのかしら。よく聞こえないわね。

もっと大きい声でしゃべって、チェルシーは言った。

どうかしたの？　母親が言った。

チェルシーは受話器を耳から離し、音が鳴っている居間のほうに向けた。十秒ほどそうしてから、また受話器を耳に当てた。

もしもし？　母親が言った。もしもーし、もしもーし？

もしもし？　チェルシーは受話器に向かって言った。

で、何か用なの？　母親が言った。

ううん、何でもない。チェルシーは言った。

はい？　母親が言った。

いいの、チェルシーは言った。

こっちは順調よ、と母親は言った。何か頼みたいことがあったらこちらから電話するから。床磨きの人にお金を払うのを忘れないでね、百六十三ポンド、お金のところから抜いていいから。それからパパのスーツをクリーニング屋さんから取ってきてね。あとママのもいろいろ取り混ぜて七着、パパのスーツがぜんぶで何着だったかはパパに聞いて確かめて。それとマリアに雨樋《あまどい》を掃除するように言っといて。

わかった、とチェルシーは言った。母親が何を言っているのかまったくわからなかった。ひょっとしてクリーニングのことだろうか、それならもう取ってきた。じゃあね、愛してるわ、と母親はフィンランドから音のない声で言った。じゃあね、チェルシーもロンドンのフラットから言った。そして受話器を置いた。ふたたび受話器を上げてダイヤルをプッシュし、受話器を耳にきつく押しあて、反対側の耳の穴に指をぎゅっと突っこんだ。何千マイルか離れた場所で呼び出し音が鳴るのが聞こえ、それから留守電のメッセージの声が流れはじめた。まるですぐ近くにいるみたいに。陽気な調子のメッセージだった。チェルシーはよけいにつらくなった。彼女はメッセージを最後まで聞き、それから自分のメッセージを吹きこむために割り当てられた何秒間かの空白を聞き、電話を切った。

彼女は居間にもどり、カウチに座った。聞いているうちに、だんだん悪くない曲に思えてきた。猛々しいのに優しかった。騒々しくてしめやかだった。悲しみと希望の両方にあふれていた。

よく見ると、キルトの下からのぞく彼らのむき出しの膝小僧はとても大きかった。手は演奏しつづけて真っ赤だった。いちばん近くにいる一人は顔から汗を垂らしていた。みんながそうだった。ありったけの息を楽器に吹きこみ、休みなしに演奏しつづけるのはさぞや大変だろう。しかもこんなセントラルヒーティングのきいた部屋で、毛皮の大きな帽子をかぶって、重そうな上着をきて。

楽隊が曲の最後まで演奏したとき、チェルシーはついに降参した。手を叩いたのだ。

ブラボー、そう言った。

いちばん近くにいる一人がかすかに笑った。彼女の頭ごしに、男たちがうなずきあったりウィンクしたり合図を送りあうのがわかった。それからまた最初にもどって演奏を始めた。

日付が変わるころ、彼らはカウチの彼女を取り囲むようにして、カウチのひじ掛けに、コーヒーテーブルに、椅子に、床に座っていた。本日の仕事はもう終わり。一人が歌いだした。みんな毛皮の帽子を脱いでしまっていたのでいっそう見分けがつきにくかったが、最初のころいちばん尊大な態度を取っていた人かもしれなかった。もしも愛する女《ひと》が来ぬのなら、と彼は歌った。きっと新しい人を見つけよう。

山に咲く野生のタイムについての哀しい唄だった。サビの部分では全員が声を合わせて歌った。

終わるとみんなで手を叩き歓声を上げ、グラスをかちんと合わせた。チェルシーの隣に座っていた例のあごひげの男が歌いだした。一日の演奏と酒のために、顔は真紅に染まっていた。愛しい人が真心を誓ってくれたよ、と彼は歌った。彼女のためなら私は身を投げ出し死のう、ああその美しさよ、瞳《ひとみ》は深き青、肌はかつて日のもとに照らされたどの顔より白く清い。

小柄で黒髪の、傷ついたような目をした一人は、道で若い娘と出会った男の唄を歌った。娘が男に、街まではどれくらいの距離でどの道を行けばいいかと奥ゆかしく訊ねる。すると娘の愛らしさに打たれた男は、わざわざ遠回りして娘を街まで案内する。遠くに街の尖塔《せんとう》が見えてきて、娘は男に礼を言う。男は自分の外套《がいとう》から金色の記章を取って口づけとともに娘に渡し、娘は行ってしまう。自分の隣を歩いていた彼女は顔も姿も天使のようだった、そんな唄だった。

この唄でチェルシーの中の何かが堰《せき》を切った。彼女はやっと泣いた。男たちの顔にやっと笑みが浮かんだ。彼らの顔は厳粛だった。彼らの顔は思いやりぶかかった。あごひげの男がチェルシーの肩を抱き、濡れた音をたてて唇にキスをした。ウイスキーの味がした。あるいは、血の。

明け方、チェルシーは外の空気を吸いに公園まで散歩した。パイパーたちは二列に並んでそのあとに続いた。彼女は誰もいない池のそばのベンチに座り、鳥たちが飛び立ってはまた舞い降りるのをながめた。楽隊はすこし離れたところに立ち、最後にもう一度だけおごそかに曲を奏で、そうしてロンドンの上に朝がやってきた。

その男の子はスコットランド人で、オンタリオの農場で働いていた。戦争の終わりちかくに歳をごまかして軍隊に志願し、カナダで終戦を迎えると、そのまま居ついた。あたしは十九歳だった。

当時カナダは夢と自由の国で、母さんはあたしのために帰りの旅費を取っておいてくれていた。母さんも半分スコットランドの血で、バンフの近くには母さんのきょうだいが、妹の一家が住んでいて、それでいい暮らしを夢見てカナダに渡ってきた。でもあっちにいるあいだじゅう、あたしはずっとイギリスに帰りたくて仕方がなかった。いよいよ帰るというころに彼と出会った。東へ行くバスの中で向かいの席に彼が座っていて、あたしは素敵な人だなと思って、それで話をしたのだ。街に着いて二人で映画を観た、『愛情作戦』*という映画だった、そしたら彼が、あした世界の七不思議の一つに連れていってあげるよと言った。そうして二人でそこに行ったら、まあ何も聞こえなかった！　水の音があんまり大きくて。そこらじゅうしぶきが宙を舞ってて、二人とも立っているだけでずぶ濡れ、あたしは髪までぐっしょりだった。彼はあたしにこっちに残ってほしい、二人でいっしょに農場をやろうと言った。あっちの農場は大きかった、イギリスとは比べ物にならないくらいに大きかった。でもあたしはもう帰ることが決まっていて、切符も買ってしまったし、街育ちだったから農場のことなんか何もわからなかったし、どのみち結婚なんてまだ考えられなかった。イギリスにもどって一年して母さんが死んで、それからまた一年してあたしはレイルウェイズ・ダンスで出会った人と結婚した。夫はセールスマンで、グラスを売っていた。

＊　ジーン・シモンズ主演の一九五三年のアメリカ映画。

ショートリストの季節

新しい世紀の始まりで、新しい季節の始まりだった。私は銀行に行ったあと何をすればいいかわからず、公園を横切って現代アートの美術館に行くことにした。各新聞が重要な文化イベントであると称賛している展覧会が、まだ開催中だった。

大西洋のかなた何千マイルも離れたところで巻き起こっている（もしかしたら巻き起こりおわった）嵐の余波で、街には強風が吹き荒れていた。公園の遠くの端では、来たる冬のダメージにそなえてトラクターが芝生に肥料をまいていた。私は木々の下を歩いた。硬く乾いた落ち葉がしきりに頭をかすめ、顔をなでた。小径《こみち》の行く手に落ち葉を掃除している人がいた。体のわりに滑稽《こっけい》なほど小さなマシンにまたがり、フル回転の家庭用掃除機をうんと甲高くしたような音でノズルの先から落ち葉を吸いこみ、そうするあいだにも枯れ葉はその人の後ろに、私の前に、その人が掃除しおえた小径にはらはらと落ちつづけていた。木の葉が鳥のように、着色した雪片のように、私たちのまわりを舞っていた。美術館に着くと、私は肩に落ちた小さい木の葉を手ではらった。

入口の前で、男の人が若者たちを相手に何か話していた。風が髪の方向にさからって吹くのを片手で押さえながら、もう一方の手をさかんに振っていた。若者たちのかしこまった様子、男の人の背中の角度、頭の傾け具合、そのどれもが、彼が何らかの権威であることを物語っていた。もちろんそこに内在する物語というものはあります、とその人は言っていた。だがその物語というのは。

　その物語というのは。でもそれが何なのかはわからなかった。そこから先は聞き取れず、でももし私が歩調をゆるめるなり立ち止まって振り向くなりして聞き耳を立てれば、三人はそれに気づいて落ちつかない気持ちになるにちがいなかった。赤の他人のプライベートな会話にこんなふうに首を突っこんでくるとは、もしや頭のおかしい、百歩譲ってもやや危険で不安定な人物（この街はその手の人間であふれていた）なのではあるまいか。風にさんざんなぶられたあとで暖房のきいた美術館のロビーに入った私は、プルオーバーのセーターを脱いだ。自分がいとも簡単に狂人もしくは不安定な人間だと思われかねないということが、うっすら腹立たしかった。だがそれよりもっと腹立たしかったのは、と口の中をウールでいっぱいにしながら私は思った――あの男の人が言っていた「というのは」の後が何だったのかも、彼が何について話していたのかも、その言葉で何を言わんとしていたのかも、彼がいったいどんな内幕を知っていたのかも、自分には知る術《すべ》がないし、この先も永遠に知ることはない、ということだった。

　セーターのフードの中に木の葉が何枚か入っていた。何かが落ちた。それは床に落ちて高くはね、小ささに似合わぬ鋭い音をたてた。拾ってみるとスズカケの木の実だった。一枚羽根のプロペラに皮膚のように静脈が浮き、それが種ぜんたいをシュールなものにしていた。小さな空飛ぶヘーゼルナッツ、極小の頭蓋《ずがい》のついた翼、ヒレだけで体のない魚。だが絵ハガキを置いている受付の美術館員がこちらを興味ぶかげに見ていたので、私は種を木の葉ごとセーターのフードにしまい、それを腕にかけて、彼が入場料は無料です、この展示のパンフレットも無料です、こちらの図録は十六ポンド五十になります、と説明するのをおとなしく聞いた。

　こういう美術館の受付にいるような人たちは、たいてい美術を観にくる人々を小馬鹿にしているものだけれど、この館員はまだ新人ですれておらず、仕事熱心だった。私は彼が小さいハガキの値段、大きめのハガキの値段、3D加工のハガキの値段をいちいち言い、ポスターは今は売り切れているけれども再注文が可能であることを説明するのを最後まで聞いてあげた。図録の見本を開き、コーヒーテーブルにのった二つのコーヒーカップの写真を見た。ひととおりぱらぱらめくってみてから、セロハンで包装された図録の山のいちばん上に戻した。美術館員が紙を一枚差し出していた。車の写真のついたコンテストのチラシで、この展覧会と連動した企画である旨が書いてあった。これに氏名と住所を記入し、自動車会社からDMが送られてくることを了承し、現代美術が重要であると思う理由を十ワード以内で書くと、ひょっとすると車がもらえるかもしれない。記入は後でもけっこうです、と美術館員は言った。お帰りの際にここに出してくだされば。それか今ここで書いてくださってもいいですよ。ペン、お貸しします。

　私はだんだんうっとうしくなってきた。彼は満面の笑みを浮かべていた。まるで知り合いみたいな態度だ。私はチラシをポケットにしまい、パンフレットを受け取って、ありがとうと言った。

　でも待てよ、もしあのとき入口で話していたあの三人の横で立ち止まって話を聞いたとしても、とスイングドアを押して展覧会の会場に入りながら私は考えた。もしかしたらあの人たちは落ちつかない気持ちになんかならず、むしろ内心気を良くしたかもしれない。どこの誰であれ、他人が自分の話に耳を傾けてくれているというのは何かしらうれしいものだ。もしかしたら彼らは照れたような作り笑いを浮かべてこちらに会釈し、お入りなさい、というようにちょっと場所を空けてくれたかもしれない。講釈を垂れていたあの男の人みずから解説までしてくれたかもしれない。何の話をしていたかというとですね、あるいはいま話していたのは○○の様式についてで、とか。ないとは言えない。私は館内を歩き、絵やオブジェやインスタレーションを見てまわった。

　作者は四十代の双子《ふたご》の男性で、生まれたときシャム双生児だったが生後すぐに分離手術を受けた。双子とそのアートは時代の最先端だった。今回の個展により、彼らはもうすぐ発表される権威ある美術賞のショートリストにノミネートされた、と壁の説明に書いてあった。今の季節、高級紙はどこも専門家が選ぶベストテンや賞のショートリストでにぎわっていた。ベスト映画、ベスト・ポップス、二十世紀の重大事件、今年のベスト音楽、ベスト小説、ベスト詩集にベスト美術。どの新聞も双子の彫刻や絵画やビデオ映像のスチール写真と並べて、彼らが分離手術を受けた直後と現在の写真を載せていた。二人が賞を獲るオッズは高く、三倍とか、それくらいだった。私は暑すぎる館内を部屋から部屋へ歩きまわった。ほかにも何人か、同じように歩いたり立ち止まったりしている人たちがいたが、美術館に来る人々というのは、たいてい教会か書店にでもいるようにうやうやしく控えめなものだ。なのに私は汗をかいていた。汗がひとすじ背中を流れた。背骨を上から下まで伝うのがはっきりわかった。首の後ろの生え際のあたりに触ると手が濡れた。私は美術館の真ん中に立って、指についた汗を見つめた。

　外と中の気温差のせいかもしれず、もっと大きな、季節の変り目の寒暖差のせいかもしれなかった。それとも、と私は考えて頭の中で笑い、手をシャツでぬぐった——あの入口にいた男の人の会話の最後が永遠にわからないせいでこんなに汗をかいているのかも。目まいがした。体がだるかった。もしやおっかないインフルエンザのウイルス、あるいはもっと恐ろしい、まだ名前のない何かが体内で増殖している最中なんだろうか。私はたったいま目の前を横切った、入口のところに貼ってある順路の矢印とは逆方向に絵を見ている男の人に目をやった。たとえばあの人は平気そうだ。汗なんかかいていない。暑そうなそぶりすらない。ここにいる誰ひとりとして暑そうに見えない。

　私はオブジェの一つの前で足を止めた。コーヒーテーブルの上に、何か錆色《さびいろ》のものが半分入ったコーヒーカップ、その隣に折りたたんだ新聞紙がのっていた。コーヒーカップの上にはアクリル樹脂のようなものがのせられ、新聞はページの縁をぐるりと細いホチキスで留めてあった。先に進んだ。自分の脚が動くのを感じた。私は正しい美術鑑賞的歩調で歩きつづけた。誰からも異常だと思われたくなかった。どの部屋もしんとして、時おり聞こえてくるのはビデオのインスタレーションの音だけだった。断続的に何かをこすりあわせるような、眠っている人の口の中の歯の音を間近で録音したか、工場の機械のような音だった。暗くした部屋の三方の壁が全面スクリーンになっていた。しばらく眺めたが、何を見せられているのかよくわからなかった。三つの壁すべてに何やら赤黒いものが映し出され、表面がうごめき、鈍く光っていた。うんと拡大した口の中の、口蓋の上に平たくのった舌の大写しとかだろうか。おかげで自分の口の中が気になった。ぽっかりあいた空洞や、下顎《したあご》の骨が立ち上がって下の歯列につながるさまが感じられた。私は暗闇の外に出た。かわりに絵に意識を集中させた。

　絵はどれも巨大な正方形で、壁の下の幅木《はばき》から天井まで届く絵が二枚並んで、ちょうど一つの壁面がいっぱいになっていた。まるで前世紀初頭に作られたこの美術館が、これらの絵のために特別に設計されたみたいに。絵はすべて二枚一組になっていた。ペアの最初の一枚にはティーポットとか犬とか、身近で見慣れたものが描かれていた。二枚めは洗いこまれたようにほぼ真っ白なキャンバスで、ただ中央に、描き手が汚れた手でうっかり触ってしまったみたいな染みがついていた。絵には〈ティーポット　１＆２〉〈犬　１＆２〉のような題がつけられていた。

　そうか、わかった。理解するのにそう手間取らなかった。これはどれも疎外とか隔絶とか、そんなようなことを言いたいんでしょう？　そう広くはない館内を一周しただけで理解できたが、こんな汗だくの状態でもそれができるのだと自分に証明するために、さらにもう二周した。三周めが終わったところで立ち止まり、部屋の隅にあった、ふだん美術館員が座っているような丸椅子に腰をおろして息をついた。

　そこからだと、正面に見える絵は〈道　１＆２〉だった。向かって左の絵では無人の舗装道路が両側を芝のベルトにはさまれて、中景にまっすぐ延びていた。右側の絵は、やはりほとんどまっさらのキャンバスにガラスをかぶせただけのように見えるなか、真ん中に何かの汚れか、うっかり筆が触れたような粘土色の染みがついていた。無料パンフレットの表紙の説明には、双子はいつも〈まったく同じ絵を二枚描き、片方の絵の具を時間をかけて丹念に削りとり、元の絵の痕跡を中央にかすかにとどめるのみにする〉という制作法をするとあって、それを読んだ瞬間、自分がすでにそのことを知っていたのを思い出した。新聞の日曜版かなにかで読んだのだ。

　自分の凡庸さにがっかりした。記憶力に裏切られた気分だった。私は椅子に座りなおし、後ろの壁にぐったりもたれかかって目を閉じた。そして思い出した。前回、何か月か前に美術展に行ったときも、やはり具合が悪くなって腰をおろすはめになったのだ。街の中心部にある、ここよりずっと大きくて立派な美術館だった。階段で何フロアか上がった最上階、こっちの全身が映るくらいぴかぴかの大理石張りの廊下を歩いていくと三つの展示室があり、内部は一人の画家が、三〇年代四〇年代のベルリンに生きた自分と一族の人生のさまざまな物語を記録するために死ぬまで描きためた――避けがたく、歴史を背負った、統計学的なその死――小さな、極彩色の、緻密《ちみつ》な絵でびっしり埋めつくされていた。そうだった、あの日私は何百という彼女の絵のうちのほんの三枚ほどをじっくり見ただけで、自分の立っている床全体が――その床の上では人々が、腰につけた館内貸し出し用のCDプレーヤーで絵のストーリーを聞きながら歩きまわっていた、低く唸りながら小さく回転するこんなCDなんていう物体を、絵が描かれた当時の人々は想像すらできなかっただろう――足元の床が揺れて軋《きし》むのを感じたのだった、まるで美術館の床が荒海に浮かぶ船で、私たちは全員マストのてっぺんの見張り台の中で上下に揺さぶられているみたいに。

　私はその場に立ち止まり、顔はあくまで平静をよそおいつつ、なんとか姿勢をまっすぐに保とうと爪先から踵《かかと》へと体重を行き来させていたが、やがて部屋の中央にあったクッションつきベンチから女の人が立ち上がり、私の座る場所ができた。私はその場所からじっと動かず、床の板木を数え、板と板のあいだにはさまったニスまじりの埃《ほこり》やゴミを観察し、そのあいだにも目の高さには絵から放たれるむせかえるような色彩がもやもやと浮かび、そうこうするうちに閉館のベルが鳴って、制服を着た男の人がみんなに帰るように促してまわり、それでやっと私も外に出ることができた。

　もしかして、こんなに汗が出るのはアートのせいなんじゃないだろうか。彫刻とか絵画とかは、私には体質的に毒なんじゃなかろうか。私はこみ上げる笑いを抑えた。おかしかった。その日の朝、私は家のローンを組んでいる銀行に行った。そこの窓口の女性は、なぜだか決まって私に病気や死の話をする。彼女はいつも何かしら恐ろしい病気の疑いで検査を受けては結果が灰色であるらしかった。もしかして、と私は心の中で思った。私もアートのアレルギー検査をしたらいいんじゃなかろうか、何かパッチテストみたいなやつ。検査の結果が出ました、と医者が言う、これによるとあなたはチリダニ、猫および馬の毛、甲殻類、ニッケル類の金属、それからいくつかの文化的表現法にアレルギーがあるようですね。それを聞いて私は安堵《あんど》のため息をもらす。これまでだってアートのそばに近寄りさえしていなければ、不快な症状のいっさいない、ヘルシーですがすがしく、くしゃみとも鼻水とも無縁な安楽な呼吸の人生を送れていたはずなのだ。でもまだ間に合う。そして以後は劇場、美術館、映画館、書店、どこに行くにも頭には抗ヒスタミン剤のぼんやりとした霧がかかり、すっかり感覚が鈍麻して、〝内在する物語〟が何なのかわからなくてもこれっぽっちも気にならなくなるだろう。

　私がその銀行に行くたび、なぜか必ずその窓口の女性に当たる。黒髪で瘦《や》せたカナダ人で、一度も日に当たったことがないみたいな不健康な肌色をしている。唾のしぶきが点々とついた二重の強化ガラスの衝立《ついたて》ごしに見る彼女の顔は、いつ見ても青ざめている。その日の朝、私がとつぜん何をしていいかわからなくなり、今日は仕事を休んで現代アートの美術館にでも行ってみようと決める前、窓口の彼女は小切手の計算をしながら私に悲しい物語を話して聞かせた。銀行の同僚、まだ三十三歳だった、それも先週三十三になったばっかり。一年半前に腕のあたりにミカンほどの大きさの瘤《こぶ》ができた。小さいオレンジほどの大きさ。手術で取った。結果は良好と言われた。ところが六週間前、ひどい頭痛。また病院に逆戻り。体じゅうもうボロボロ。きのう死んだ。たったの三十三。想像できる？　夫とは離婚。娘はまだ四つで、メアリというべつの同僚が会いにいったら、お母さんは病院にいて、もう帰ってこないかもしれないの、と言ったんだそう。

私は衝立のこちら側でうなずき、何か言い、預け入れ伝票にサインし、銀行で物をやり取りするのに使うあのくぼみに入れた。私はまたしても体の中で心臓がふくれあがるのを感じた。またしても同情めかした表情の裏で、今度こそ支店を変えようと心に誓った。彼女が何かをこちらに向けて二重ガラスに押しつけていた。ファックスかコピーされた、粒子の粗い写真だった。何人かがパーティかパブで笑っている。この右の彼女が死んだ人、と窓口の女性は言っていた。見おぼえある？写真の顔はどれも黒く影になって、コピー用紙を何度か折りたたんだところが白くかすれていた。何人もの手を経たのだろう。だから、なにかパーッとしたことをおやんなさい、窓口の彼女は銀行をあとにする私に向かってガラスごしに叫んだ。いい、今日は何かパーッとしたことをやるのよ。

何かパーッとしたこと。私は美術館に行った。汗をかいていた。美術館の丸椅子に座って目を閉じていた。

目を開けると、三つか四つぐらいの女の子がこっちを見て笑っていた。私も笑い返すとその子は笑うのをやめ、フロアの真ん中でもう一人の女性と控えめな小声で話をしていた母親の脚の後ろに隠れた。母親の脚に両腕を巻きつけて、ぶらんぶらん左右に揺れた。手を放した。フロアの中央におどり出た。敷石の四角から四角にぴょんぴょん飛びうつった。〈道　2〉の前は素通りして〈道　1〉の前に立った。その道を走っていくみたいに絵に向かって突進し、全身で思いきりぶつかった。絵がびりびり震えた。子供はびっくりしたような声を出した。一歩下がって鼻を押さえた。

あう、と子供は言った。

やだちょっと、と母親が言った。何やってるの、もうソフィったら。

母親は私のほうを振り返った。すみません。ほんとにすみません。この子ったら。ほんとに。

いいえ、と私は言った。ちがうんです私。その、私――。

私は立ち上がった。母親はガラスにくっきりついた娘の二つの手の跡をティッシュで拭いていた。うろたえて笑いながら小声で悪態をついていた。ソフィったら、そう言った。

あの、と私は言った。それはちょっと……絵に触らないでいただけますか。

あ、と母親は言った。ですよね。すいません。

彼女は絵から一歩下がり、ティッシュを中途半端に手に持ったまま途方にくれた。ティッシュをバッグにしまった。それから上気したきれいな顔で振り返り、友人の女性と目を合わせた。友人は子供の両肩を押さえ、吹き出すのをこらえて下を向き、にやにやしながら子供の頭のてっぺんを見つめていた。子供は何か人知を超えた歌を歌いながら、またダンスをはじめていた。

いいんです、と私は言った。ただ当館では、その、作品に手を触れるのは禁止になってまして。

本当にすみません、と母親はもう一度言った。さ、おいでソフィ、帰るのよ。

二人の女は動く子供にアノラックを着せにかかった。

いえいえ、どうぞこのまま、と私は言った。大丈夫です。ただまあ、以後注意していただければ。

母親はほっとした顔をした。そして私に礼を言った。だが本物の美術館員がこちらにやって来るのが見えたので、私は精一杯プロフェッショナルで厳格な〝それではこれにて〟的な笑みを浮かべ、回れ右してその場を立ち去った。そして二人に怪しまれないように、歩いてきた館員を呼び止めて小声で閉館時間を訊ねた。背後にいる子供連れの女たちからは、彼が私に何か業務上の指示を与えているように見えているだろう。それか、私が彼に指示を与えているか。

館員は知るべきことは何もかも知っている者の尊大な目で私を見た。でも平気だった。この人は本当は何もわかっちゃいないのだ。閉館時間は六時です、と彼は言った。

どうも、と私は言った。あと、この展覧会はいつまでやってます？

三十日までですよ、と彼は言った。

私は誰かの口の中かもしれないものが壁に映った部屋を通り、反対側に出た。セーターを着た。かまうもんか。すっかり気分がよくなっていた。散歩に出かけよう。自分を日の中に解き放とう。体じゅうに力がみなぎり、心は澄んでいた。郊外のきれいな芝生のように澄んでどこまでも青々とした心で、私はこれからテムズ川を悠然と渡ろう、両手を大きく振って、足の下では水が音を立ててさかまき、救難所では警官たちが、砂糖入りの紅茶のマグを片手になにやら議論をしていることだろう。

美術館を出たところで後ろから誰かに呼び止められた。やっぱりバレたんだろうか。誰かが走って近づいてくる、明らかに私を追っている。近づくにつれ、ぜいぜいという息づかいが聞こえた。最初にここに来たときに何が無料で何が有料かを教えてくれた、あの館員だった。十ワードを記入しおえたあのチラシを回収に来たんだろうか。現代アートが重要な理由、それは。私はとっさに頭の中で何か考えようとした。

彼は握りしめた片手を前に突きだした妙な走り方をしていた。お客さん、と彼は走りながら言った。待って。落とし物ですよ。

一生懸命で得意げな、ひどく重大めかした顔つきだった。芝居や映画の中の、中世の戦《いくさ》の良い報せを運んでくる使者みたいに。

私はポケットに手を入れて財布を探した。でも財布はちゃんとあった。ほかに何か落とすものなんかあっただろうか。私はそれを見た。

彼の手の中には粉々にくだけた葉っぱと、奇妙な翼のついた種があった。

物語の温度

真冬だった。あらゆるものが死んでいた。

三人の女がクリスマスイブの深夜のミサに遅れて入ってきた。聖書の第一朗読のさなか、敷石に尖ったヒールがカツカツ鳴った。冬の鹿のように息せき切って、細いひづめで、女たちは教会の通路を歩いてきた。

すでに満員の会衆席のベンチに、三人はごめんなさいも言わずに無理やり尻を押しこんだ。三人とも酔っぱらっていた。明らかに。アルコールと饐《す》えた香水が五列先までにおった。一人は若く、一人はそれより年上で、もう一人はその二人よりさらに年上だった。いちばん若い女の鮮やかすぎる、胸元もあらわな服は、この季節では——いやどの季節であろうと、ほとんど服の用をなしていなかった。目に痛いほどのオレンジとメタリックブルー、はだけた首と胸。女たちは一様にとろんとした上機嫌で服も髪も乱れ、互いにもたれあい、足を踏みならし、かじかんだ手をさすっていた。三人のたてる物音は教会の天井の高みまで昇り、上等のコートを着こんだ会衆の頭上にナイロンのようにうっすらたなびいた。

真ん中の女がタバコに火をつけた。それからここが教会だったことを思い出し、心底《しんそこ》驚いてタバコを取り落とした。タバコは床を転がっていって膝《ひざ》つき台の下で煙をあげ、真ん中の女がそれをかがんで取ろうとしたせいで、並びの人たちはあおりを食ってもぞもぞ身じろぎした。真ん中の女はあやうく前につんのめりかけたところを両側の二人に引き戻され、やっとのことで吸いさしを尖った爪先でリノリウムの床にぎゅっと押しつけた。そうした一連のことのために三人は笑いの発作に襲われ、年寄りの神父が毎年同じクリスマスの物語――空きのない宿屋、光に包まれておののく羊飼いたち、天から下りてきて神をたたえ歌う軍勢――を朗読するあいだ、ふんふん鼻を鳴らして必死に笑いをこらえていた。

それから「神の御子《みこ》は今宵《こよい》しも」を合唱する段になると、三人は歌詞を盛大にまちがえながらディスカント*の旋律を歌った。教会のほかの誰もディスカントでは歌っていなかった。

「平和のあいさつ」を交わすところでは女たちは神妙にかしこまり、複雑な面持ちの前後の人々と握手をし、それから互いにハグしあって相手の平和を祈った。でもね、あたしたち、こう見えて今晩会ったばかりなんですよ。いちばん若い、服をはだけた女が隣に立っている男にそう言ってから彼の首に腕をまわしてクリスマスのキスをしたが、酒の勢いで不必要に大きな、がなるような声になり、その言葉は最前列にまで響きわたった。ミサの最後に高すぎるキーで「天《あめ》には栄《さか》え」を全員で合唱するときには、一人の女が「来たれ、夜半《よわ》にかの人を見よ」の節に合わせてその次の行の「乙女に宿りし神の子を」と歌ってしまい、周囲に非難と笑いのどよめきを引き起こした。ぞろぞろと出口に向かう会衆は、ある人は苦笑いし、ある人は不快感をあらわにし、ある人はまるで無頓《むとん》着《ちゃく》だったが、女たちの横を通るときは一様に、通路に突き出して片足から型崩れのした靴をぶら下げた若い女の脚をまたいだり、子供たちを迂回《うかい》させたりした。目を閉じてベンチの上に長々と伸びている若い女にひざ枕してやっている三十がらみの女は、見とがめられるたびに涼しい顔でメリークリスマス、よい新年をとあいさつし、いま一人の五十代の女、いやそれとも四十代だろうか、どちらともつかない、そのいちばん年上の女はとろんとした目つきに笑みを浮かべて、人々が若い女の脚をまたいでくれることに感謝の念を述べた。

神父が聖具室から戻ってみると、がらんとした教会内に例の女たちだけが居残っていた。そろって最前列に場所を移し、危険なほど祭壇に近づいていた。うち二人は祭壇前に飾られた揺り籠の横にしゃがみこんでいた。三人めは祭壇の奥に入りこみ、手に持った何かをしきりに振りまわしていた。神父が近づいて見ると、それは長い柄の先に金具のついたロウソク消しで、侍者の男の子が上気した首に手をあて、くすくす笑いながら女の後ろをついて回り、壁の高いところに並んだロウソクの火をそれでもって消すやり方を教えていた。

揺り籠のほうの二人は、石膏《せっこう》でできたマリアとヨセフと幼子イエスの人形に顔がくっつかんばかりにかがみこみ、聖家族のまわりに飾られた花をアレンジし直している最中だった。立っているヨセフの股のあいだに、一人が赤い筋の入った百合のつぼみをくぐらせようとしているのを神父は見た。

これこれあなたたち、と神父は言った。

＊　主旋律より高い音で別の旋律を歌うこと。

そして女たちを教会の外に追い立てた。

これ全部消すまでいいでしょう？　ロウソクあと六本残ってるの、と一人が言った。

あとはその子供がやりますから、と神父は言った。その道具をその子に返して。ほら、手を離す。

外はひどく寒いんです。あたしたち、どこにも行くあてがなくて、と二番めが言った。

それにね神父さま、この子妊娠中なんです。三番めがそう言って、いちばん若いのの肩に腕をまわした。この人を放り出すなんて無茶よ。もう今にも生まれそうなんです、神に誓って。ほら。

そう言って女は若いののブラウスをめくりあげた。年寄りの神父は寒さで血の気のうせたぺたんこの裸の腹を薄目で見た。へそにピアスがあった。

その人が出産間近と言うなら、この私だってそうだね、神に誓って、と神父は言って、開いた扉から三人を追い出した。女たちはすぐに取りすがろうとした。神父は片側の扉を閉め、石の床にがちゃんとボルトを落とした。

男もそのうち赤ちゃんを産むようになるのよ、と若いのが言った。あたしディスカバリー・チャンネルで観たもん。

でもねえ神父さま、彼女ほんとに妊娠中なんです、といちばん年かさの女が言った。ね、そうよね？　なのにどこにも行くあてがないなんて。ほらあんたからも言いなさいよ、ダイアン。

ほんとなんです、信じてください。あたしもうすぐ母になるんです、今にも生まれそうなのに、あたしたち泊まるところもないんです。だから今晩ひと晩だけ教会に泊まらせてください、ね？

私にはちっともおめでたには見えないがね、と神父は言った。

肉眼では見えないんです、と若いのが言った。ファントム妊娠っていうか。

この人が産むのは幽霊なんです、とべつの一人が言った。

そう精霊、と若いのが言った。だからぜひとも教会に置いてもらわなくちゃ。

つまりこの人は精霊に満たされてるのよ、と三番めが言った。

神父は細く開けた扉の隙間から言い渡した。いいからご家族のところに帰りなさい。そして扉を閉めた。

神父は鍵を回した。まだおおぜいの人の温《ぬく》もりの残る教会の中へ足音が遠ざかっていき、ややあって教会裏手の駐車場のほうで最後の車がエンジンをかける音が聞こえた。さっきの侍者の男の子が両親に連れられて家に帰っていくのだ。男の子は扉ごしのやりとりのあいだずっと神父の後ろにいて、女たちの冗談に声をたてて笑っていた。いちばん若い女は彼の髪を指でくしゃっとやり、真ん中のはうなじのあたりに手を当て、年かさの女は彼に向かって優しくほほえみかけた。男の子の顔は喜びと熱で赤くなった。車はエンジンをかけようとしてエンストし、もう一度エンストし、三度めにやっと寒空にエンジン音が鳴りひびいて、そうして夜の闇を遠ざかっていった。

女たちは閉ざされた扉の前に立ってゆらゆら揺れていた。吐く息が白かった。


いちばん年上の女はエッタといった。真ん中はモイラ。いちばん年下はダイアン。

三人は互いを支えあって道路を渡り、柵の下をくぐって土手を川べりまで降りていった。川の水位は高く、女たちが腰をおろした草には霜がおりていた。真ん中の女がライターを出してタバコに火を点けた。女たちは、いちばん若いのがくすねてきたロウソクに火をともした。あいかわらず凍える寒さだったが、風はもう止んでいた。

きよしこの夜《ステイル・ザ・ナイト》、か。若いのが言った。

そう、まだまだ夜。いちばん年上なのが空を見あげて言った。朝までにもっと霜が降りるだろうね。

ねえ聞いて、と真ん中のが言った。これほんとにほんとの話なんだけどさ。ある女の人がね。

どこの女よ、と年上が言った。有名な人？

いいから聞いて、と真ん中が言った。

名前は？　どこで働いてんの？　と年上が言った。

ちょっといいから、と真ん中が言った。人から聞いた話よ。その女の人がね、夫が死んだあと毎晩夫の墓石の上に座ってたんだって、一年間、毎晩欠かさず。これ誓ってほんとの話。

あの何とかいうエジンバラの犬みたいだ、と年上が言った。

いちばん年下があおむけにばたんと倒れた。凍っていた草が耳元でぱりぱり鳴った。毎晩？　と彼女は言った。それを一年間？　三百六十五回だよ。もしうるう年なら三百六十六。それからむくりと起きあがった。なんでよ？　それで旦那が生き返って、やあ、とか言うとでも思ったの？

知らないわよ、と真ん中は言った。わかりっこない。

だいいちどうやって門番の目をすりぬけたわけ？　と年下が言った。墓地って夜は鍵かかってるんじゃないの？　一日ぐらい休まなかったの？　お弁当でも持ってってたのかな、それとも食事は済ませてから行ったの？

知らないってば、と真ん中が言った。その人が晩に何食べたかなんてわかるわけないでしょ。

ニシンの燻製《くんせい》、と年上が言った。

で、一年終わって、そのあとどうしたのよ？　年下が言った。

ときどき食べたくなるのよねえニシンの燻製、と年上が言った。そうしょっちゅう食べるわけじゃないけど、今夜はむしょうに食べたかった。

ああもう、と真ん中は言った。ただそういうお話ってだけ。

三人は無言になった。冷たい川が耳元でごうごう鳴った。

じゃあこういうのはどう、と年上が言った。これも本当の話。あたしの母親から何度も聞いた話。もう死んじゃったけどね。とにかく、今日はクリスマスイブじゃない？　でもって明日はクリスマスよね？

だわねえ、真ん中が言った。タバコの火がいつの間にか消えていた。火口をロウソクにかざし、それから口にくわえて吸いこんだ。火は消えたままだった。

でね、と年上が言った。昔はよくクリスマス前夜の真夜中にいろんなことが起こったんだって。笑いたきゃどうぞ、でもほんとの話。うちの母は田舎育ちだった。その昔、田舎では、クリスマスイブの真夜中に四つ辻に立っていると、声が聞こえることがあった。

声ってどんな？　年下が言った。

何かを教える声よ、年上はうなずきながら言った。

何かって何なの、と真ん中が言った。

予言めいたことよ、と年上は言った。

あんたのお母さんは実際にそういう声を見たの？　真ん中が言った。

いいえ、と年上は言った。というのもね、もし井戸の中に水があれば、それがワインに変わったりするわけ。でもそれが起こったらね、いいこと、すぐに目をそらさなきゃいけない。もし見てしまったら、その人はその年のうちに死んじゃうの。

せっかくのワインがもったいない、と真ん中が言った。

その年のうちって、あと一週間しかないじゃない、と年下が言った。それってずいぶん急じゃない？　それとも新年のうちにってこと？　次の年の一年間のうちに死ぬってこと？

その年のうち。母さんはいつもそう言ってた。年上は目を閉じて言った。

七日間かあ、と年下が言った。真ん中が黙って首を振った。

年上はコートの中で寒さにふるえていた。しかもね、と彼女は言った。ときどき水がワインじゃなく血に変わることもあった。でも同じこと。それが起こるところを見てしまったら、自分ちの井戸だか泉だかの水がワインか血に変わるところを見てしまったら、その人はその年のうちに死ぬのよ。

川はどうなの、と年下が訊《き》いた。川もやっぱり変わる？

三人は水かさを増して勢いよく流れる川に目をやった。

そういやさっきの神父さんだけど、と年上が言った。いい、これこそ本当の話。マッキノンさんっていう年寄りの女の人が教会で働いてるの。あたしが子供のころからずっと教会で働いてるんだけどね、これ六百ポンド賭けたっていいけど、あの神父、今夜ぜったいあの人の寝床にもぐりこんでる。六百ぜんぶ賭けてもいい。

そこで年上の女は振り返り、教会の上の住居部分のオレンジ色に輝く窓に向かってシャッと片手を振った。

いいじゃない、結構なことよ、と真ん中が言った。彼女も小刻みにふるえていた。今夜はひどくしばれるもん。

なんだかんだ言ってクリスマスだものね、年上はそう言って、コートの袖の奥に両手を縮こまらせた。

あたしスリンキーをもらった年があったなあ、と年下が言った。

こそこそ《スリンキー》した何を？　年上が言った。真ん中が噴き出した。

ただのスリンキー、と年下が言った。ほら、ひとりでに階段を降りてくやつ。

真ん中は笑いすぎて苦しそうだった。年上はきょとんとしていた。

バネでできたおもちゃ、と年下が言った。階段でそれで遊んでたとき、『緑園の天使』をテレビでやってたのを覚えてる。エリザベス・テイラーが馬で全国大会に出る話。大昔の映画で、エリザベス・テイラーもまだ子役だった。赤や茶色がものすごく鮮やかで。

あのころの映画って、逆に今の映画より色が強烈よね、と真ん中が言った。着色してるから。テクニカラーってやつ。

そんな昔からやってるのねリズ・テイラーって、と年上が言った。

人に歴史ありよね、と真ん中が言った。

で、彼女、全国大会で優勝するの。髪をばっさり切って、と年下が言った。

平屋建てに住んでてクリスマスにスリンキーもらっちゃったらどうするんだろ、と真ん中が言った。

二人がけたけた笑うのを、年上は黙って見ていた。

いちどね、と年上は言った。まだ戦争が終わってそう経ってないころだったから、いったいどこでそんなもの手に入れたのかわからないんだけれど。うちの父が籐《とう》のトランクに果物がいっぱい入ったのを脇に抱えて帰ってきたことがあったの。外の冷たい空気といっしょに入ってきて、台所の床にそれを置いた。そのときの母さんの顔といったら。そんなものがこの世にあるなんて想像したこともないようないろんな果物がトランクいっぱいよ。それきり二度とお目にかからないようなのもあった。

どんな味だったか覚えてる？　真ん中が言った。

はっきりとね、と年上が言った。

テクニカラーを食べたみたいにね、と年下が言った。

年上はこっくりうなずいた。

ほかの二人は行ってしまった。一人が走り、もう一人がその後ろからひょこひょこ足をひきずり、屋根にライトの灯《とも》った車を、タクシーかもしれないと追いかけていった。あとには彼女だけが残った。真ん中の女が十ポンド札を一枚くれた。もう一人は着ていたコートをくれて、それをいま彼女は着ている。地べたに座っていたせいで尻のあたりは濡れていて、肩や腕はまだ年上の女の体の形を残していたが、おかげでほんのり温かい。もうこれいらないわ、女はそう言ってコートを脱ぎ、地面に落としていったのだった。あんたが着てたほうがいい。あたしたちはタクシーに乗るからさ。

彼女は顔を上げる。空は一面の星で、白い刈り跡みたいだ。

年上の女には病気の父親がいる。それがあまり早く家に帰りたくない理由の一つだった。もう一人は特に理由もなく帰りたくないようだった。理由ならなんだってよかった。

二人が帰っていくのがあったかい家であるといい、と彼女は思う。

彼女は両手をついて土手をよじ登る。背後の草むらには小さく黒い部分が三つできている。三人が座って話をしていたところの霜がこすれて溶けたあとだ。だんだん頭の霧が晴れて、はっきりしてきた。さっきまではそこらじゅうのものが霧の中みたいにぼやけて頭のまわりを勝手にぐるぐる回っていた。それももう止まった。道の向こうに教会が、街灯に照らされて陰気に建っていた。そうだった。みんなであの中に入って暖をとったんだった。

彼女は思わず笑う。これからはあの教会の前を通るたびに、あたしクリスマスイブにあの中に入ってロウソクを消したのよって頭の中で思えるんだ。あの年寄りの神父さん。あたしたちを追い出したけれど、本当に最後の最後にだった。それに列で隣に座ってた、あたしがキスした男の人。今夜あの教会にいた人たち、みんながみんな豪華なクリスマスプレゼントみたいに着飾って、真冬に赤ん坊が生まれる昔話を聞いていた。まるでクリスマスの朝ドアを開けたら、赤ん坊になった自分たち自身が玄関の前に届けられるみたいに。珍しい果物の詰め合わせみたいにかごに入って。それかワインみたいに上等の木箱にワラを詰めて。

彼女は川のカーブに沿って道を曲がる。曲がりきると、通りのずっと向こうに町の灯はまだ輝いて、でもほとんどの人はもう家に帰り、眠りの中で明日を待っているだろう。侍者の男の子も、きっと今ごろあのどこかで眠っているだろう、小さなベッドの中でふとんを首までかぶり、朝になったらセントラルヒーティングがつくようにタイマーをセットして。町じゅうのすべての人々がそれぞれの家に眠りで閉じこめられ、家々の屋根は今は白く光っているけれど、それも朝になって太陽が照ればまた黒くなるだろう。それから死んだ男のお墓の上に座ってるあの女の人。もし今夜もお墓にいるなら、きっとごついムートンのコートに手袋とマフラーをして、休日キャンプに行く人が持っていくみたいなヒーターもつけているだろう。そしてヒーターの熱は墓地と木々をあかあかと照らしていることだろう、葉を落として氷に包まれた枝も、葉をつけたまま氷に包まれた枝も。

歩道の上に砂がある。靴の下がじゃりじゃりする。見あげれば、霜と広い空。彼女は手をのばし、駐車場の機械の横に立っている木の枝の霜をはらう。手の中の枝には小さく硬い新芽がみっしりついている。手を離すと枝は勢いよく戻り、犬が水気を振りはらうみたいに、あたりに霜をきらきらまき散らす。

駐車場の機械の時計は霜におおわれて、内側から照らされている。それを冷えた手でぬぐう。午前二時四十五分。彼女は柵に寄りかかり、耳をすます。何もない、ただ川の音だけ、そしてどこか遠くで何人かの人がクリスマスを祝って叫んだり歌ったりする声。彼女はコートの前をぎゅっと合わせ、両手をポケットに入れる。ロウソクの燃えさし。十ポンド札。ほかの誰かの雑多な埃《ほこり》やゴミ。

彼女はどこかに向かって歩きだす、どこへかは自分でもわからない。

がらんとした通りを、向こうから男が一人、道の反対側を歩いてくる。小さなジャックラッセルテリアを二匹、散歩させているのだ。クリスマスの夜中、午前三時の暗闇のなかを。

なにか面白い物語がありそう、すれちがいながら彼女は思う。

男の顔は暗くて見えない。メリークリスマス、男が道の反対側からそう言う。いい一日を。

その言葉は雪解けに満ちている。

メリークリスマス、彼女も言い返す。元気で。

始まりにもどる

もう終わりだということはお互いわかっていた。

で、どうしよう。あなたが言った。

私は肩をすくめた。さあ、わからない、そう言った。

あなたは首を振った。同じく、そう言った。

私たちはなすすべもなく居間に立っていた。居間の家具は意味がなかった。気づくと私はあなたが出ていってくれるのを礼儀正しく待っていた。あなたも帰っていく客を見送るためにたったいま立ちあがった、といった様子で立ってこちらを見ていた。

私は体の前で腕を組んだ。あなたは両手を腰に当てた。

あなたはもう何週間も寝ていないみたいに目の下が黒ずんでいた。たぶん私の目の下も同じくらい真っ黒なはずだった。外はみぞれ混じりの雨で、こごえる寒さの夜だった。一年でいちばん過酷な月、日々はより暗く、週はより長く、銀行口座にお金が入るまでにより時間がかかる月だった。

私はカウチに座った。あなたが隣に座った。セントラルヒーティングを目盛りいっぱいまで上げていたが、それでも家のあちこちに穴が開いているようだった。私たちはどちらも空っぽの暖炉を見つめていた。

あのさ、とあなたが言った。

なに、と私が言った。

火をおこしたほうがいいんじゃないかな、とあなたは言った。

そうだね、と私は言った。

あなたが今日の新聞をばらしにかかったので、私は寝室にマッチを取りにいった。それからみぞれの中を庭に出て、物置小屋まで薪を取りにいった。小さめの薪を何本か、それに大きめの薪も二本選び、それから小屋の外に積んである中からよく吟味して太くて湿ったやつを一本選び、それをいちばん上に崩れないようにのせた。あなたがいつも言うように、勢いのある火ならば、湿った薪はすばらしくよく燃えるからだ。ところが庭を歩いて裏口まで行くと、ドアが閉まっていて鍵がかかっていた。薪を下に置いた。もういちど把手《とって》をがちゃがちゃやった。

私はノックした。さらに強くノックした。

いちばん太くて重たい薪を一本拾い、それをドアに思いきり打ちつけた。ワラジムシやクモや朽《く》ちた木ぎれがばらばら落ちた。コケっぽいぬるぬるしたものがドアにつき、私の両手と袖口も汚した。私は一歩下がり、もう一度ドアを思いきり打った。あなたがキッチンの窓の上半分をうんと細く開けた。

こうするしかなかったんだよね、とあなたは細い隙間から言った。

くそったれのペテン師、と私は言った。

それやめて、とあなたは言った。ドアが壊れるでしょうが。

こんなドア壊してやる、と私は言った。自分のドアなんだから壊そうと何しようとこっちの勝手。

今すぐドアを開けないなら、窓もぜんぶぶち破ってやる。

これは私の家。あなたはそう言って窓を閉め、鍵をかけた。その鍵は泥棒よけのために、二人で建具屋に頼んでつけてもらったものだった。窓の結露ごしにあなたの姿が見えた。あなたは私などいないようなそぶりでやかんの前に立っていた。やかんから湯気が出ていた。あなたは冷蔵庫を開けて牛乳を出した。その牛乳を買ってきたのは私だ。私が前の日に店で買ってきた牛乳を、あなたがそんなふうに使っていることに猛然と腹が立った。私はみぞれ混じりの雨に降られながら大声でどなりちらした。あなたは何も聞こえないようなふりをした。子細らしく箱からティーバッグを取り出した。まるで私なんか存在していないかのように、まるで私なんて最初から存在していなかったかのように、まるであなたは銀幕のスターで、私はあなたが思わせぶりにお茶を淹《い》れるところを暗がりの中で見ているその他大勢の観客の一人であるかのように。

私はもう一度いちばん太い薪を拾って肩の高さに持ちあげ、足をしっかり踏んばってあなたに狙いを定めた。けれども私たちのキッチンの窓は二重ガラスだった。古い窓のまわりの木がぜんぶ朽ちかけていたので、頼んでやり替えてもらった、そのときに強化ガラスを入れたのだ。薪を投げつけてもまたはね返されたりしたら、なんだか自分が馬鹿みたいだ。私は石の上に薪をもどした。

いまやみぞれは四方八方から吹きつけていた。髪も、セーターも、首の後ろも、体じゅうが濡れた氷の薄片にまみれていた。氷のかけらが一つ顔について溶けかかっていた。それを手でぬぐった。

もう手の感覚がほとんどなかった。手袋もない、上着もない、お金もキャッシュカードも携帯も何もない。必要なものはぜんぶ家の中だった。私は玄関脇のフックに無造作に掛かった、でも未来永劫手の届かない自分のコートとマフラーを思った。寒くてこごえそうだった。両腕で体を抱いた。車の中に逃げこむこともできなかった。車のキーはコートのポケットの中だった。持っているのは物置小屋の鍵だけ。これ以上ちょっとでも寒くなるようだったら、小屋に入って立っているしかない。

　そのとき気がついた。小屋の鍵を持っているということは、玄関のスペアキーも持ってるってことじゃないか。私たちはその二つをいつも同じキーリング、小さな地球儀がついたキーリングにつけていた。ポケットに手を入れると、あった、地球と鎖でつながった二つの鍵。だが自分が鍵を持っているんじゃないかと私が気づいたのとほぼ同時に（あなたがサイドボードのほうを振りかえり、カップを持ったまま動きを止めた様子でそれがわかった）、あなたも同じことに気がついた。私が玄関に向かって走り出した、まさにその瞬間に、あなたが先回りしようと玄関めがけてすっ飛んでいくのが目の端にちらっと見えた。

　こうなったら競走だった。私は全速力で走ったが、地面は濡れて滑りやすかった。心臓が破裂しそうになりながら玄関に着く寸前、勝者であるあなたが高らかに二重ロックをがちゃりとかける音がした。あなたはドアの向こうで笑っていた。それを聞いて私も笑いたくなった。笑いだしそうになったとたん、泣きたくなってきた。

　だが何がなんでも、たとえドアの向こうにいるあなたには見えなくても、あなたの前で泣くわけにはいかなかった。居間の窓から洩れてくる明かりの中で、私はキーリングから玄関ドアのスペアキーをはずした。リングはひどく固かったうえに指がかじかんでいたので、はずすのに苦労した。やっとはずすと、ドアの郵便受けのふたを上げ、鍵を中に落としこんだ。鍵がマットの上に落ちる軽い音がした。あなたの笑い声がやんだ。私は郵便受けのふたをもどし、背を向けて歩いていった。

　私たちはベッドに入り、互いに背を向けている。屋根の上で風が吠え、割れた窓にテープで留めた段ボールをばたばた鳴らす。まだかすかに火のにおいがする。家じゅうがそのにおいだった、麝《じゃ》香《こう》のように灰の香りをさせた動物が家じゅうを歩きまわり、一つひとつの部屋ににおいつけ行動をしていったみたいに。

　私たちを隔てる距離はほんの何インチかだった。その一インチ一インチが手に取るように感じられる。とうとう根負けして、私が口を開く。

　覚えてる、前にあなたがひと晩じゅう帰ってこなかったことがあったよね、と私は言う。どこにいるかまるきりわからなくて、もう死んじゃったんじゃないかと思った。

　暗がりのなか、あなたが背後で小さな笑い声をたてる。

　ごめん、とあなたは言う。

　ううん、でもあれはよかった、と私は言う。あんなふうな朝を迎えることができて。たしか春だったよね？

　それを言うならさ、とあなたが言う。去年の夏にあなたが恋をして、それが自分以外の相手だったことをいま思い出してた。

　ああ、と私は言う。そして笑う。照れかくしの、でも申し訳なさが伝わるような笑いになっていることを願って。

でもね、それもよかった、とあなたが言う、ほんとによかった、自分でも思ってるだろうけど、どっちにとってもあれはよかった。あなたにとってはもちろんよかったけど、自分にとっても個人的によかった、今まで知らなかったようなことをいろいろ知ったし。

たとえばどんな？　と私は言う。

何も本当にはわからないっていうか、とあなたは言う。

そうなの？　私は言う。

いや、つまりそういうことがわかったっていう意味、とあなたは言う。わからないっていうのがどういうことかがわかった。

ああ、あの地下鉄のときみたいにね、と私は言う。あなたの後ろから続けて乗ろうとしたら目の前でドアが閉まっちゃって、こっちはまだホームで、でもあなたはもう電車の中で、あなたのすぐ後ろでドアが閉まっちゃって。

覚えてる、背中であなたの声がする。

で、ドアのあっちとこっちで身ぶり手ぶりで合図しあって、と私は言う。そしたら電車が動きだして、あなたがガラス越しに何か言ってるんだけど何て言ってるのか全然わからなくて。

エンバンクメント、とあなたが言う。エンバンクメントって言ったんだよ。エンバンクメント駅で会おうって。

でも全然わからなかった、と私は言う。あなたの口が何度も何度も同じ形を作るのが見えて、でも声は聞こえなくて、そのうち明かりが灯《とも》ったあなたの車両が暗闇に吸いこまれて、それにあとからあとから人をぎっしり乗せた車両が続いて、あとにはただぽっかり開いたトンネルの口と、お酒と飛行機会社の広告と、その下に線路、いつもぴかぴかに光って、これだけ光っているのはきっと線路が危険なことと何か関係があるにちがいないと思わされる線路があるだけで、私はホームに立って、あなたが何て言おうとしていたのかいくら考えてもわからなくて、それで口の形を自分でも真似してみたけれど、その形に近い言葉で思いつけた言葉が「オンブズマン」しかなくて。

私たちはもう笑っている。お互いの体で作ったぬくい空間に向きあう。暗がりであなたが話す、その息が私にかかる。

オンブズマンて、とあなたは言う。

オンブズマン、よりによって、と私も言う。どういう意味かもわからないのに。今もわかってない。なんでそんな言葉をあなたが言うのかわからなかった。それで思った、たぶん、いや絶対これはちがう言葉だって。それで、もしかしたら「恥《エンバラスメント》」だったんじゃないかって考えた。

恥、とあなたは言う。なるほど。恥駅で会おう。恥で待ってる。

じっさいちょっと恥ずかしかったしね、と私は言う。電車の中の人やホームにいた人たちが大勢見てる前であんなふうに締め出されちゃって、だから恥の可能性はあると思った。そのうちに、一つの単語じゃなくて二つだったのかもしれないという気がしてきた。「恥ずかしがらせて《エンバラス・ミー》」とか「抱きしめて《エンブレース・ミー》」とか。気がつくと私はホームにひとり取り残されて、周りではさっきとはちがう人たちが次の電車を待っていて、やがて電車が来てみんながそれに乗ってたくさん人が降りてきて、なのに私はまだホームに立って、恥ずかしがらせて、いやちがうな、抱きしめて、ちがう、雇って《エンプロイ・ミー》、ちがう、とぶつぶつ独り言を言っていた。

私たちは向かいあって笑う。それからまた無口になって、そんなときあなたが頭の中でどこに行っているのか私にはわからない。あなたが帰ってこなかった、あの晩のことを考えているだろうか。私は自分のもう一つの恋のことを考え、それからあの地下鉄のホームに立っている自分のことを思う。新しく電車が来ては去り、そのたびに人々や地下鉄のよどんだ空気が周囲でうずまいて、そのたびに私は次の電車に乗って隣の駅まで行って、待っているかもしれないあなたを探すべきかどうか考えている。でも、もし隣の駅まで行ってあなたがいなかったら？　それどころか、私がここを離れるのと入れちがいにあなたが私を探して電車でこっちに向かっていたら？　もしかしたら、と私は思う、さっきまで二人でいたカフェまでもどるべきなのかもしれない。それか、二人のお気に入りの場所に行って待っているなんていうのも気がきいているかもしれない、あのダイナーとか、すべての道が一つに交わって花屋が一軒あるあの場所とか、あの中華料理屋とか、屋上からの眺めがいいあのレストランとか。そしてもしもどれも空振りに終わったら、大きい駅まで引き返して、電車に乗って家に帰るか。

　けれども今の私に思いつけること、本当にやりたいと思うこと、それは目を閉じて下へ下へと沈んでいって、あの薄汚れた地下鉄のホームに降り立つことだ、なぜならそこは何マイルも続く古い地下鉄の洞穴で、頭上とその向こうには冬の街が、自分では知っているつもりだった、でもいまや海のようにとらえどころのない街があって、私はそこに投げこまれて色のない海底に向かって落ちていく石ころなのだから。

　家のあちこちがぎいぎい軋《きし》んでいる。私はベッドの中であなたに寄りそう。ベッドも軋んだ音をたてる。あなたが私にぎゅっと体を押しつけ、すると私は自分でも認めるのが恐いほどおおっぴらな希望に満たされる。火と燃えさしのにおいがまだ香っている。今夜の私は冬のにおいを確かにかぎ分けられる、いつもならそれができるのは季節の訪れの最初の一瞬だけで、じきに慣れてしまえばもうにおいのことなど忘れてしまい、やがてまた空気の中にそのにおいがもどってきて、そうしてすべては移ろいながら元どおりめぐっていく。

私はあなたの肌に鼻を押しあてる。あなたはあなたのにおいがする。あなたはいつだってあなたのにおいがする、でももちろんあなたの香りは一つではない。夏は濃い緑と汗のにおい、秋はいぶしたようなにおい、冬は暖炉の火と着なじんだ清潔なウールのにおい、春のにおいはよく思い出せない、また一から知ることになるのだろう。

あなたが顔を近づけて、私の耳元でささやく。

エンバンクメントして、あなたは言う。呼吸《いき》と変わらないくらいかすかに言う。

え、何、と私は言う。

恥ずかしがらせ《エンバラス・ミー》て、とあなたは言う。

いいよ、と私はささやく。あなたが私を防腐処理《エンバーム》してくれたら、してあげる。

オーケイ、とあなたもささやく。ただしあなたが私を満たし《インビュー》てくれたら。それとも私があなたを満たそうか。

うん、ぜひそうして、と私は言う。今すぐに。

鍵がマットの上に落ちて、私は笑うのをやめた。

玄関ドアの前に立って耳を澄ませた。

窓から外を見ようとした。窓には自分とその後ろの部屋が映っているばかりで、何も見えなかった。私は部屋を歩きまわってライトのスイッチを全部消してから、窓のところにもどって外を見た。

キッチンにもどってまたお茶を飲もうとした。カップを手にしてしばらくキッチンに立っていた。ダイニングを通って居間にもどり、二階に上がり、そうするあいだずっと手にカップを持っていた。さも目的があってそうしているようなふりをしていたけれど、目的があろうとなかろうと、それを見てくれる人はいなかった。部屋という部屋は空っぽだった。あなたはコートも着ずに外にいた。こんなひどい天気の中を。私は寝室の窓を開けた。みぞれはもう止んでいた。私は通りを端から端まで見わたした。家々の前に停まって濡れている車のほかには何もなかった。

窓を閉めて鍵をかけた。こっちはあなたのことをこんなに心配しているのに、あなたはどこか知らないところにいて、どうせ私のことなどこれっぽっちも考えてもいないのだと思うと腹が立った。部屋の中には物しかなかった。ドレッサーの上のあのブラシは私のだけれど、ドライヤーは二人の共用とはいえ明らかにあなたのだった。ドレッサーは私のだった。もとは私の母のものだった。ベッドは二人のもの。長椅子はあなたの。私はバスルームに入って座った。そこが家の中でいちばん物が少なかった。空っぽのバスタブを見た。二人でこの家を買ったときから表面がひどく傷《いた》んでいて、ホーローを塗りなおしてもらう必要があった。

今すぐ一階に降りよう、座ったまま私は思った、そしてイエローページでホーローの塗装業者を調べて、明日電話をして見積もりに来てもらおう。それが生きるということだ。日々の雑事をきちんとこなし、とどこおりなく運営していくこと。〝かまどの火を絶やさないようにする〟こと。生き延びるとはそういうことだ。たとえほかのもっと大切そうに見えることが終わりかけていようと、バスタブのホーローを塗装しなおしてもらうこと。

　ところがイエローページはふだん置いてあるはずの場所になかった。どこにいったか見当もつかなかった。私はイエローページを探して一階の部屋から部屋をうろうろ歩きまわった。あなただ、あなたがいつも置いてあるはずの場所から動かしたのだ、使いおわったらそこにもどしておこうと二人で取り決めてあったのに、あなたは身勝手にもそれを使ったあと私には決してわからない場所にそれを放置したのだ、あなたはそれをわざとやったにちがいない、あなたはいつだってそうだ、物を使ったあと決められた場所にもどさずにどこかべつの場所にほったらかすのだ。あなたは私がイエローページを必要になることを重々承知しながら、無頓着《むとんちゃく》に、かつどこまでも無慈悲に、私が百万年かかっても思いつかないような場所にそれを置き去りにしたのだ。

　考えれば考えるほど腹が立ってきた。私はキッチンに立っていた。食器棚の扉を開け、叩きつけるように閉じた。力を加減するために手のひらで電気のスイッチを消してキッチンを出ようとしたら、物置小屋から弱い光が洩れているのが窓の外に見えた。

　あなたが裏口のドアのすぐ外に積んだままにしていた薪に、蹴つまずいて転びかけた。転んでいたら怪我《けが》するところだった、内心そう思いながら、滑りやすい芝生の上をのしのし歩いていった。

　小屋の中にあなたはいた。クモの巣の張った窓の向こうに姿が見えた。近寄って見ると、あなたは頭と肩に、夏に芝生の上に敷いて座るのに使うブランケットをかぶっていた。間抜けな姿だった。あなたはブランケットの中から片手を出して、古びた懐中電灯をかざしていた。頼りなげにまたたくその光で何か本を読んでいるのだとわかった。

　小屋の扉は何かで開かなくしてあった。たぶん芝刈機だ。押してみたがびくともしなかった。私は窓を強くノックした。

　イエローページどこにやったの？　と私はどなった。

　もう一度窓をノックした。

　イエローページ使いたいんだけど、私はどなった。

　あなたがゆっくりとこちらを向いた。それからブランケットを体の前でかき合わせ、まるで走っている電車か車の中から何かがちらっと見えたけれどつまらないものだった、とでもいうように本に目をもどした。

　そのときだった、イエローページのありかがはっきりと頭の中にひらめいたのは。もう何か月も前からずっとそこにあったのだ、車の後部座席に、無造作に開いたまま。何か月か前にあなたが私に車の運転を教えると言いだして、それで二人で家から取ってきた。それを運転席に敷いて座れば高さがちょうどよくなるから、そうあなたが言ったのだ。

　私は恥ずかしくなった。一瞬、イエローページのありかを思い出したのをなかったことにして、かさにかかってわめき続けようかと思った。でもそれは考えるだに馬鹿馬鹿しく、さらに言うなら物置小屋の中でブランケットにくるまって見るからにふるえながら本を読んでいるあなたも、真冬の夜の寒くてまっ暗な庭に立ってぴょんぴょん跳びはねながらあなたに向かってどなり散らしている自分も馬鹿馬鹿しくて、なんだか笑いだしたくなった。本当に笑い声が出そうになった。すんでのところでこらえた。私はひょろひょろの若木の横に立っていた。あのときあなたはどのペダルが何かを私に教え、クラッチペダルの役割について説明した。私を車がほとんど一台もない「ホームベース」の駐車場に連れていって一時間もそこをぐるぐる走りまわらせ、その間あなたが怒ったのはたったの一度だけ、それも私が駐車場に一台だけ停まっていたほかの車にぶつかりそうになったときにハンドブレーキを引いた、その一瞬だけだった。

　さっきまで自分が何をそんなに怒っていたのかわからなくなってきた。もう一度気持ちをふるい立たせようとしたけれど、代わりにどういうわけか、あなたが読んでいる本が何なのか気になりだした。もしかしたらあれは私たちが庭にずっと置き去りにしていた本、最初はうっかり、ついでだんだん面倒になり、最後には本を雨ざらしにし続けたらどうなるのか知りたくなって八月からこっちずっとベンチの上に置き去りにしていたあの本だろうか。もし反《そ》りかえっていたら、それはいったいどんな手触りだろう。暑さや寒さや雨に何か月もさらされてきた本だ。ページどうしがくっついて、はがしたら活字が反対側のページに移って読めなくなっているだろうか。ページをめくるたびに、それを注意深くはがさなければならないだろうか。

　そのとき風が吹いて裏口のドアが閉まる音が聞こえたけれど、大丈夫、鍵はポケットの中にあった。私は小屋を離れて庭を横切り、正面玄関にまわって鍵を出し、鍵穴に差しこんで中に入ろうとしたけれど、ふいにあなたのスペアキーがマットの上に軽やかに落ちたことを思い出した。

　私も自分の鍵を郵便受けから落としてみようか。小屋までもどって自分も締め出されたとあなたに言ってみようか。そして二人いっしょに家の中に突入する。二人でまたそもそもの始まりにもどる。いったんいっしょに中に入れば、また最初にもどってあなたが薪を取りにいって、それで二人で火をおこせるかもしれない。なんならあなたを信用しているところを見せるために、あえて私が薪を取りにいったっていい。

　自分が庭を引き返して、小屋の窓越しに、私も締め出されてしまった、あなたの助けが要る、とあなたに言うところを想像した。でもあなたは無視するほうを選ぶかもしれない。もしもそれがあなたの選択なら、私がひとりで家に突入する。

それともこのままドアの鍵を開け、暖かな家の中に入ってドアを閉め、お風呂に入って早めにベッドに入り、ひとりでしばし本を読んでから眠りにつこうか。

私は鍵を手にしたままドアの前にしばらく立ち、もちろんやろうと決めた。

謝辞

『TLS』、『ザ・スコッツマン』、『チャップマン』、『ダメージ・ランド』、『グランド・スウェル』、『スコティッシュ・ブック・コレクター』はじめ、ここに収められた作品を最初に掲載してくださったすべてのアンソロジーおよび媒体に感謝します。

この作品集を執筆している期間中、助成金の授与をはじめ、惜しみない援助をしてくださった国立科学・技術・芸術基金に感謝を捧げます。

わけてもアラステアには心からの感謝を。

この本を仕上げるにあたって、私をニューヨークのレディグ・ハウスに長期滞在させてくださった王立文学基金に感謝を捧げます。

ありがとう、シャンドラ、カーシャ、メグ、エレン、ベッキー。
ありがとうデーヴィッド、ありがとうサイモン。
ありがとう、ドナルド。
ありがとう、セーラ。

訳者あとがき

本書は、『秋』『冬』『春』『夏』の「四季四部作」や『両方になる』などの長篇で、近年ますます評価の高いスコットランドの作家アリ・スミス Ali Smith が二〇〇三年に刊行した短篇集 *The Whole Story and Other Stories* の翻訳である。

訳者が彼女の作品に初めて触れたのは二〇〇七年、アンソロジー『変愛《ヘンアイ》小説集』のために本書に収められている「五月」を訳したときで、以来このすばらしい短篇集をいつかは一冊すべて紹介したいと願っていたが、念願がかなって嬉しい。

墓場で始まり窓の破壊で終わる十二の物語は、一篇でひと月ずつを描き、全体で一年をひとめぐりする構成になっている。舞台はおおむねスコットランドとイギリスで、主人公はほぼすべて女性（もしくは性別不明）。十二の物語に共通するのはそれくらいで、あとは一篇ごとに色彩も声も異なる物語が並ぶ。近所に植わっている木に身も世もなく恋をする（「五月」）。地下鉄駅構内で死神とすれちがう（「生きるということ」）。他人の目には見えないバグパイプの楽隊にどこまでもつきまとわれる（「スコットランドのラブソング」）。恋人がベッドの中で唐突に浮気を告白する（「信じてほしい」）。クリスマスイブの夜に三人の酔っぱらい女が教会のミサに乱入する（「物語の温度」）……。

アリ・スミスの小説を読むということは、ふつうの小説を読むのとは異なる体験だ。彼女の書くものは一筋縄ではいかない。重層的で、企みに満ちている。時系列はシャッフルされる。複数の視点のあいだを行ったり来たりする。時には肝心なことがわざと書かれていない。あるいは物語の枠組みをあえて意識させるような書き方をする。だから読み手はページのこちら側に安閑《あんかん》と座ってはいられない。作者の仕掛ける企みと切り結ぶうちに、いつしか物語の中に入りこんでいるような、作者の共犯者になっているような感覚を味わうことになる。あるいは、いっしょに遊んでいるような。

本書の冒頭に置かれた「普遍的な物語」は、その好例だ。〈あるところに男がいて……〉と始まった話は、すぐさま語り手によって打ち消され、男は女に代わり、村はずれのさびれた古書店の話になり、そこに迷いこむ一匹のハエ、そのハエがとまる一冊の本、それを買い求める男の客、彼の妹の前衛アーチスト、とつぎつぎに主人公を変え、最後に物語はぱたぱたと折り畳まれて、手品のように作者の懐《ふところ》にしまわれてしまう。読みおわったあとには一つひとつの物語の生《なま》の手触りとともに、物語を読むという行為そのもののたしかな感触が残る。

あるいは「天国」。冒頭、カメラはスコットランドの静かな町を俯瞰《ふかん》で眺め、そこからある三姉妹にズームインして一人ずつの独白パートとなり、読み手は彼女たちの生々しい声や生《せい》や息づかいをつぶさに聴く。と、そこからカメラは一気に引きとなり、ふたたび町全体を俯瞰して終わる。三姉妹の物語に浸っていた読み手は、鷲《わし》に体をつかまれて連れ去られるようにして舞台から引き離され、物語の時間の流れの外に連れ出される。

アリ・スミスの小説の一筋縄ではいかなさは長篇でも存分に発揮されていて、たとえば『両方になる』では、二つのパートの順序が異なる二種類のバージョンが存在し、読者は本を開いてみるまでそれがどちらのバージョンなのかわからない。そして彼女のそうした特質は、短篇小説の中において、より極端にあらわれているように思う。「短篇という形式は完璧に開かれている。終わりは決して終わりではなく、つねに何かの途中であり始まりである。短篇は長篇小説のようには時間の流れをたどらない。まったく別種の旅なの。……時間や時代に紐づけられていないぶん、短篇は長篇よりもずっと自由がきく」古くからの友人であるアメリカ文学者のカーシャ・ボディによるインタビューの中で、彼女はそう語っている（Wiley Online Library）。

ちなみに本書『五月　その他の短篇』を編むにあたっては、最初から設計図があったわけではないのだと作者は明かす。まず、すでに書き上げて手元にあった数篇の作品を並べてみて、それらが向かいたがっているテーマを「音楽を聴くように」聴きとった。そのようにして、十二の短篇で一年をひとめぐりし、各季節ごとに一篇ずつスコットランドの話が入る、という今の形ができあがった。それはある種の対話のような作業だったと、同じインタビューの中で語っている。

とはいえ本当のところ、アリ・スミスの小説を読むのに、こんな理屈や予備知識はいっさい必要ない。刻みつけられる情景や声の鮮やかさ、文章のリズム、言葉遊び、行間に漂うユーモア、茶目っけ。彼女は小説を読む楽しみを純粋に味わわせてくれる。彼女の差し出す遊びの輪に飛びこんでいっしょに言葉と戯れるのが、たぶんいちばん正しい読み方なのだ。

アリ・スミスはスコットランドのインヴァネス生まれ。父はイギリス人、母はアイルランド人の労働者階級の大家族に末子として生まれた。ケンブリッジ大学大学院で英文学を学んだあとスコットランドで教職に就くが、ふたたびケンブリッジに戻って二十代後半で執筆を始めた。現在までに発表した長篇および短篇集はいずれも高い評価を受け、デビュー短篇集 *Free Love and Other Stories*（一九九五）がサルティア文学新人賞を受賞したのを皮切りに、スコットランドおよびイギリスの文学賞をおびただしい数受賞している。また『ホテルワールド』（丸洋子訳、ＤＨＣ）、*The Accidental*（二〇〇五年）、『両方になる』『秋』はいずれもブッカー賞の最終候補に選ばれている。近年は前述の『両方になる』に加え、二〇二〇年に『夏』をもって完結した「四季四部作」が大きな話題となり、これらはすべて木原善彦さんのすばらしい翻訳で読むことができる（いずれも新潮クレスト・ブックス）。また短篇集は本書のほかに五冊出ており、こちらも本書に負けず劣らず面白く、いずれ紹介できる日が来ることを願っている。

本書を翻訳するにあたっては、おおぜいの方々のお世話になった。訳出上の疑問点に丁寧に答えてくださった満谷マーガレットさん、すばらしい装幀をしてくださった名久井直子さんとヒグチユウコさん、終始訳者を励まし、辛抱強く原稿を待ってくださった河出書房新社の島田和俊さんに、この場を借りて心からお礼を申し上げます。

二〇二三年二月

岸本佐知子

著者略歴

アリ・スミス（Ali Smith）

1962年スコットランド・インヴァネス生まれ。現代英語圏を代表する作家のひとりで、短篇の名手としても知られる。ケンブリッジ大学大学院で学ぶ。長篇 *The Accidental*（2005）でウィットブレッド賞、『両方になる』でコスタ賞、ゴールドスミス賞など受賞多数。おもな著書に、『秋』『冬』『春』『夏』の「四季四部作」など。2022年には、*Companion Piece* を発表。タイムズ文芸付録によるアンケート「現在最も優れたイギリスとアイルランドの小説家」（2018年）で１位に選ばれた。

訳者略歴

岸本佐知子（きしもと・さちこ）

翻訳家。訳書に、L・ベルリン『掃除婦のための手引き書』、L・デイヴィス『話の終わり』、M・ジュライ『いちばんここに似合う人』、S・タン『いぬ』、S・ミルハウザー『エドウィン・マルハウス』、J・ウィンターソン『灯台守の話』、G・ソーンダーズ『十二月の十日』など多数。編訳書に『変愛小説集』『居心地の悪い部屋』など。著書に『死ぬまでに行きたい海』『なんらかの事情』など。2007年『ねにもつタイプ』で講談社エッセイ賞を受賞。

初出

「普遍的な物語」――『すばる』（集英社）2016年10月号所収
「五月」――初出は『群像』2007年２月号掲載。のちに『変愛小説集』（岸本佐知子編訳、講談社文庫）所収

その他の短篇は訳し下ろしです。

五月　その他の短篇

2023年3月30日　初版発行
2023年4月30日　2刷発行

著　者　アリ・スミス
訳　者　岸本佐知子
装　画　ヒグチユウコ
装　丁　名久井直子
発行者　小野寺優
発行所　株式会社河出書房新社
〒151-0051　東京都渋谷区千駄ヶ谷2-32-2
電話　(03) 3404-1201〔営業〕 (03) 3404-8611〔編集〕
https://www.kawade.co.jp/

組　版　株式会社創都
印　刷　三松堂株式会社
製　本　小泉製本株式会社

Printed in Japan
ISBN978-4-309-20877-0